Q

Q
↓
A

# Q1

## 違和感《いわかん》だらけの中三の春

野崎朝子《のざきあさこ》

四月。

野崎朝子《のざきあさこ》は、校舎三階のいちばん端《はし》に位置するその教室に入ろうとして、一瞬《いっしゅん》、足を止めた。

自分が三年生だなんて、違和感《いわかん》だらけだった。

中一のころ、三年生はすごく大人に見えた。男子は身体《からだ》が大きくて迫力《はくりょく》があったし、女子なんかもう大人の女という感じで、うかつに話しかけてはいけない雰囲気《ふんいき》を持っていた。

なのに、今、自分はまさにその三年生としてこの教室に、足を踏《ふ》みいれようとしている。

なにかの間違《まちが》いじゃないか、実はまだ自分は新入生で、うっかりこの教室に入ろうとしているのではないか。

そんなとまどいが、朝子を立ちどまらせていた。

そこに、ひとりの女子が朝子のわきをするりと通りすぎて教室の中へと飛びこんでいく。

「キャーッ、きた、きた、きたー！　待たせすぎー！」

「もー、さゆりん、おっそいよー！」

教室にいた女子ふたりが黄色い声をあげる。

「だってー、前髪《まえがみ》、決まんなくてー。ねえ、今日のあたし、変じゃないー？」

新しい教室が、彼女《かのじょ》たちのおしゃべりで、呼吸を始めたかのように、生き生きとした空間に変わる。

「変じゃないよ、決まってるしー」

「大丈夫《だいじょうぶ》、さゆりん、今日もかわいいしー」

おかげで、朝子はふうと息を吐《は》きだすと、自分もまた教室にそっと足を踏《ふ》みいれることができた。

「あーん、ありがとー。それより、みーたん、りおたん、同じクラスになれて嬉《うれ》しいよー」

「ほーんと、ダンス部の子がいて良かったよー」

「そうだねー。三人いるなんて多いほうだし、私たちラッキーじゃん」

朝子は、彼女《かのじょ》たちのやまないおしゃべりを聞きながら、なんて軽《かろ》やかなんだろうと、うらやましい気持ちでいっぱいだった。

さゆりんと呼ばれているその子は、二年生のときも同じクラスだった吉田《よしだ》さゆりだ。教室で待ちうけていたあとのふたりは、初めて同じクラスになる子たちだけど、同じダンス部の仲間のようだ。

そう、三年生にもなれば、すでに部活や委員会活動で仲間を作ってきているので、クラス替《が》えごときで、いちいち緊張《きんちょう》しないのだ。

なんの部活にも入ってこなかったツケが、こういうとこに出るんだなあと思いながら、朝子は黒板に書かれてあった出席番号順の席にひとりそっと座《すわ》った。

窓の外はちょうど桜が満開で、開け放たれた窓から隣《となり》のクラスなのか二階のクラスなのか、大勢の声が重なりあったにぎやかな音が聞こえる。

まだひんやりとした空気と、新しい教室のほこりっぽいにおい。

朝子はひとり、ひっそりと座りながら、違和感《いわかん》しかないけど、本当に中学校生活最後の春を迎《むか》えたのだと、身がひきしまる思いだった。

やがて、新しい担任の山田芳子《やまだよしこ》先生が教室に入ってきて、全員で体育館での始業式に向かった。

そして、再び教室に戻《もど》ってきたとき、朝子の緊張《きんちょう》はだいぶほぐれていた。

体育館で整列しているときに、一年のときに同じクラスだった浅川麻衣子《あさかわまいこ》に声をかけられたのが大きかった。

「朝子、また同じクラスになれたね、よろしくね」

「うん、よろしく」

「いいな、相変わらずスタイル良くて、今度、秘訣《ひけつ》教えてね」

そう言って、フレンドリーな笑顔《えがお》を見せる彼女《かのじょ》に、朝子も思わずにっこりと返した。

ふだんは「スタイルがいい」と言われると、あまりいい気はしないのに、思わず自然と笑顔を返した自分に驚《おどろ》いた。

そして、そのあとすぐにまた違《ちが》う子に同じように声をかけている彼女を見て、一年生のときもわけへだてなくいろんなひとと仲良くできるめずらしいタイプの子だったなあと、思いだした。

ふつう、そういう子は八方美人と言われて嫌《きら》われたりするのだけど、彼女にはそういう計算高い雰囲気《ふんいき》がまるでないのだ。

　おうちが青果店をやっていて、ふだんからお店の手伝いをしているからなのだろう。カラカラといつも元気で、明るくて、ノリが中学生というより、おばちゃんぽいのだ。いるだけでその場がにぎやかになるような、そんな彼女《かのじょ》とまた同じクラスになれて、朝子は嬉《うれ》しかった。

　これから、このクラスで楽しく過ごせるかもしれない。そんな予感が、朝子の気分を軽くして、ようやく緊張《きんちょう》がほぐれはじめたのだ。

「みんな、さっそくで悪いけど、アンケート配りまーす」

　始業式が終わって教室に戻《もど》ると、山田先生がプリントを配りはじめた。

「三年生全員に同じアンケートが配られてるんだけど、これからみんなとは深いつきあいになるから、その取っかかりとしてどんな感じか知りたいのよ。ちゃんと、まじめに答えてね」

　山田先生は、若くて、元気のいい体育教師で、三年生の担任は初めてということで気合が入っているらしい。

　もっとベテランの先生のほうが良かったな。受験のこととかちゃんとわかってるのかな。

朝子は、そんなことを思いながら、前の席の子から渡《わた》されたアンケート用紙を自分用に一枚引きぬいて後ろの席の子に渡した。

質問事項《しつもんじこう》が五つ並んでいる。

小さな文字で書けばいろいろ書けそうだけど、大きな文字で書きこめば、一行とか二行のあっさりした回答でもよさそうだ。

いろいろ書くのはめんどうくさいし、文字は大きめでいこう。

朝子は勝手にそう決めると、カバンから筆記用具を取りだして、さっそく、そのアンケート用紙に向かった。

Q1　現在仲のいい友達はいますか？　その友達の名前を教えてください。

なんだ、友達の名前、書けばいいだけ？

簡単じゃん。

仲のいい友達。いるいる、二年のとき同じクラスだった、片瀬詩織《かたせしおり》。

今朝、同じクラスになれなくて、クラス発表の掲示板《けいじばん》の前で、抱《だ》きあってなぐさめあったばかりの親友。

「まあ、でも、クラスが違《ちが》うくらいで私たちの仲が変わるわけないしね」

「そうだよね。同じ三階にいるわけだし、会いたくなくても、会えちゃうしね」

そんなふうにお互《たが》いの揺《ゆ》らがない気持ちを確認《かくにん》して、このあといっしょに帰る約束もしている。

朝子は迷わず回答欄《かいとうらん》に、詩織の名前を大きな文字で書くことにした。

だけどそのとき、ふと、一年前のクラス替《が》えのときのことを思いだした。


「高本雅恵《たかもとまさえ》」

一年前のクラス発表の掲示板《けいじばん》の前で、朝子は自分の名前よりも先に、その名前を見つけた。

バスケ部の子だ。

中学に入学した日に見かけてから、朝子はずっと彼女《かのじょ》に注目してきた。身長は百六十センチくらい。だけど、体重はうわさではもうすぐ九十キロだと聞いたことがある。

つまり、かなりのおデブちゃんなのだ。

一方朝子は身長が百七十センチあるのに、体重が、たったの四十二キロしかない。病気と疑われるような、瘦《や》せっぽちだ。

当然、ほぼすべての女子にうらやましがられる。

だけど朝子は、もっと太りたかった。

痩《や》せているせいで胸もないし、腕《うで》も足も骨ばっていて女の子らしくない。サイズの合う服を探すのがすごくたいへんで、たいていぶかぶかな感じで着るので、見た目がすごく貧《ひん》相《そう》になってしまうのだ。

朝子は、どんなにみんなにうらやましがられても、自分のこの身体《からだ》がイヤでイヤでしかたなかった。

そして、自分とは正反対の「高本雅恵」をひそかにうらやんでいた。

なぜなら、彼女《かのじょ》は性格も明るく、運動神経抜群《ばつぐん》で、勉強もできる。そして、彼女をほめるとき、みんなは言うのだ。

太っているけど、明るくてさっぱりした性格。

太っているのに、足が速い。

太っているけど、頭がいい。

太っているけど、人気者。

しかし、痩せすぎはそうはいかない。

痩せているのに、明るいとか、痩せているけど、足が速いとは言われない。

どうせ、ふつうの体型じゃないなら、痩《や》せすぎより、太りすぎのほうが断然得だと、中学入学以来ずっと、朝子は彼女《かのじょ》をうらやんできた。

だから教室に入ると、朝子はすぐに彼女を捜《さが》した。それなのに、ホームルームが始まっても、高本雅恵の席は空いたままだった。

「高本さんって、今日、休みなの？」

前の席に高本雅恵と同じバスケ部所属の子がいたのできくと、その子は言った。

「うーん、実はね」

その子は声をひそめて言った。

「無理なダイエットして、入院してるんだ」

「えっ……」

「なんか、実は太ってるの気にしてたなんて思いもしなかったよ。あの子、お見舞《みま》いに行っても、会ってくれないんだよねー」

朝子はショックで言葉がなかった。

「反対に、野崎さんはすごく痩せてるけど、ダイエットしてるの？」

その子に言われて、朝子はあわてて首を横に振《ふ》った。

「ううん、食べても太れないの。そういう体質みたい」

当然「うらやましー」と言われると思った。いつも必ず、そう言われるから。

「へー、それはそれで、イヤかも」

「でしょー!」

思わず大きな声が出た。

朝子はこのとき、ものすごく嬉《うれ》しかった。

この子なら、この体型がどんなにイヤか、わかってくれる気がして、もっともっと話したくなった。

これがその後、親友と呼びあう仲になる片瀬詩織との出会いだった。

高本雅恵は、いまだに学校に来ない。

そして、結局同じ教室で過ごすことなく、クラスが替《か》わってしまった。

朝子は、片瀬詩織という理解者を得た今でも、瘦《や》せすぎを気にしている。

だけど……。

「いいなあー、太ってて。うらやましー」

「朝子は反対に瘦せすぎだよねー。私のお肉、あげるよー」

「超欲《ちょうほ》しぃー! ちょーだいちょーだい!」

いつか、高本雅恵とこんなやりとりができる日がくるのを願っている。

特殊《とくしゅ》な体型を持つもの同士として、お互《たが》いのことをなぐさめあうのではなく、軽《かろ》やかに笑い飛ばせる日がくるのを。

なぜだか彼女《かのじょ》となら、そんな関係になれる気がするのだ。

朝子はそんな想像をしながら、アンケートの回答欄《かいとうらん》にこう書いた。

A　います。片瀬詩織。

そして、続きは心の中でつぶやいた。

（あと、高本雅恵さんとは、これから仲良くなる予定です）

わざわざ回答欄に書いて、先生に伝える必要はないから書かないけど、これが朝子の本心だ。

そこで朝子はふうと息を吐《は》いて、一度顔を上げた。

教壇《きょうだん》の前で座《すわ》っている山田先生が、退屈《たいくつ》そうに窓の外を眺《なが》めている。

もし、この本心を回答欄に書いたら、先生はどう思うだろう……。

これから仲良くなるってどういうこと？　と首をひねる姿を想像して、なんだかおかしい気持ちになる。

だけど、おもしろがってる場合じゃない。

さて、次だ。

次の質問にいこう。

朝子は再び、アンケート用紙に向かった。

**Q2**　あなたは自分の親が好きですか、嫌《きら》いですか？　それはどんなところですか？

親……ねえ。

朝子は両親の顔を思《おも》い浮《う》かべた。

お母さんは、好き。

そんなの考えるまでもなかった。

おっちょこちょいのところはあるけど、明るくて優《やさ》しくて、朝子は自分の母親が大好きだった。

あとは、お父さん、か……。

うーん……。

朝子は、回答欄《かいとうらん》を前に悩《なや》んだ。

べつに嫌《きら》いってわけじゃない。

嫌いではないけれど……よく、わからないひとなんだよなあ。

それが朝子の正直な気持ちだった。

特に朝子に対しては、なぜかいつもびくびくしていて、たまに話しかけてくるときも妙《みょう》におどおどしているので、娘《むすめ》としては、もっとしっかりしてよと言いたくなるのだ。

今日だって、そうだ。

朝起きて、洗面所に行ったら、お父さんがハミガキをしようとしているところで、なのに朝子を見ると言った。

「あっ、お先にどうぞ」

もちろん、朝子は遠慮《えんりょ》なんてしなかった。

「あっ、どうも」

そして、顔を洗って、寝癖《ねぐせ》をドライヤーで直した。

その間、十五分。

お父さんはずっと、洗面所の外の廊下《ろうか》で、歯ブラシを持ったまま待っていた。

リビングでテレビを見るなり、新聞を読むなりすればいいのに、お父さんはただそこで立ちつくして待っていたのだ。

朝子は、そんなお父さんにお礼も言わず洗面所を出た。お父さんもまた、なにも言わずに再び洗面所に入って歯を磨《みが》きはじめていた。

さらに、朝食を食べているときだった。

「お母さん、バナナ取って」

朝子が頼《たの》むと、お母さんが言った。

「悪いわね、今日、残り一本しかないのよ。お父さんにゆずってあげて」

バナナは、お父さんが職場についてから食べるために、毎日一本カバンに入れて持っていくのだ。

「えーっ」

朝子は大げさにふてくされてみせた。

だって、なんか甘《あま》いものが食べたい気分だったから。

「あなたには、キウイ切ってあげるわよ」

「えーっ、キウイはいらなーい」

すると、そのやりとりを聞いていたお父さんが言った。

「いいよ。お父さん、今日はいらないから。じゃあ、いってきます」

そして、そのままカバンを持って、出かけてしまったのだ。

「なにあれ、これじゃあ、まるで私が悪者じゃん」

逃《に》げるように出かけてしまったお父さんの後ろ姿を見て、朝子は言った。

「ゆずってもらったんだから、ありがたく思いなさいよ」

「えーっ、ゆずってほしいなんて言ってないじゃん。どうせくれるなら、せめてゆずってあげるって言えばいいじゃん」

「年頃《としごろ》の娘《むすめ》に話しかけるのが、恥《は》ずかしいのよ」

お母さんは、そう言ってそんなお父さんをかばっていたけど……。

朝子は、そうじゃない、と思った。

お父さんは自分の娘が苦手で、好かれる自信がなくて、だからせめて嫌《きら》われないようにしているだけ。

逃げているのだ。苦手だから、かかわらないようにしているだけなのだ。

あれ……？

そこで朝子はふと、気づいた。

苦手なことから逃げるって……まるで私だ。

朝子もまた、苦手だなってひとには、近づかないようにするところがある。

ひと、だけじゃない。

朝子には、すべてにおいて自分はいつも「逃《に》げ腰《ごし》」だという自覚があった。

挑戦《ちょうせん》してみようという、勇ましい気持ちが自分には欠けている、と……。

いろいろ迷ったあげく、なんの部活にも入らず、なにかの委員になるのさえ避《さ》けてきたのは、そのせいだ。

朝子は、ため息をついた。

見ていてムカつくのは、自分とそっくりだからかもしれない……。

まるで自分を見ているようだから、こんなにイヤな気持ちになるのだ。

イヤになっちゃうな……。

朝子は頭をかきむしりたくなった。

つまり、お父さんのそういう行動を否定するということは、自分自身を否定するということだ。

朝子はしかたないので、しぶしぶこう回答した。

A

お母さんの優《やさ》しくて明るいところが好きです。お父さんは、嫌《きら》いじゃないけど性格がイヤです。だけど、いつかそれも含《ふく》めて好きになれればとは思います。

なににおいても「逃《に》げ腰《ごし》」だという自覚はある。

だけど、どうやったら変われるかわからないし、変えられるものなのかどうかもわからない。

だったらいっそ、そういう自分をまるごと受けいれて、好きだと思えるようにしたい。

そんな気持ちで回答してみたけれど、これって、なんか、意味わかんない回答かも……。

朝子が自分の回答を前に首をひねっていると、斜《なな》め前《まえ》の男子が大きな声をあげた。

「先生、できたよー」

その男子は、バレーボール部の増田征児《ますだせいじ》だった。

「増田、あんた、ちゃんと書いたの？」

そして、山田先生もまたバレーボール部の顧問《こもん》なのだ。

「書いたよー。見てよ、ほら」

「じゃあ、静かに待ってて」

「えっ？　これ終わったら解散じゃないの？」

「解散ってなによ。今はホームルームの時間。まだこれからクラス委員決めるの」

「えーっ、それ、今日じゃなくても良くね？　このあとうちの部の新入生歓迎会《かんげいかい》のリハーサルがあるってわかってるでしょ？　オレ、セリフ覚えなきゃなんないんだけど」

「ああ、もう、うるさいっ。ひとりで瞑想《めいそう》でもしてなさいっ」

朝子は、ふたりの友達のような会話を聞きながら、やっぱ、この先生で本当に大丈夫《だいじょうぶ》かな、と思った。

教師なんだから、もうちょっと威厳《いげん》を持って注意してほしいな、と。

そう思いながら、朝子は再びアンケート用紙に戻《もど》った。

今の回答を修正しようかどうか迷いつつ、でも書き直すのもめんどうで、そのまま三問目に取りかかる。

Q3
現在おつきあいしている異性はいますか？　もし良ければそのひとの名前も教えてください。

はあ？　なに、これ？

つきあっている彼《かれ》とか彼女《かのじょ》の名前を書けっていうの？　で、先生はそれを知ってどうするの？　あの子はやめておきなさいとか、中学生らしいおつきあいをしなさいねとか、アドバイスするわけ？

まあ、自分は彼氏《かれし》なんていないから関係ないけど、いるひとはどう答えるんだろう……。

朝子は顔を上げて廊下側《ろうかがわ》の最前列にいる、さゆりんこと吉田さゆりを見た。

彼女《かのじょ》には、今、彼氏がいる。

しかも今は、一年のときにつきあっていた男子とは、違《ちが》う男子とつきあっている。

彼女はそういうことを隠《かく》さないので、この事実は全校生徒のほとんどが知っていることだ。

吉田さんは、ちゃんといるって書くのかな。きっと書くよね。彼氏がいること隠してないし、しかも相手の男子は、吉田さんにべた惚《ぼ》れらしいし……。

そうやって、男子に好かれるってどんな気分なんだろう。

友達としてじゃなく、彼女として、好かれるってどんな気分なんだろう……。

そこでふと、机につっぷして寝《ね》ている増田征児の背中に目がとまる。

先生に瞑想《めいそう》でもしてなさいと言われて、本当に瞑想しているのか、寝ているのかわからないけど、この増田征児と朝子は中一のときも同じクラスだった。

「おまえ、なんか、ゴボウって感じだよな」

あれは、まだ中学に入学したばかりで、学校にも、クラスにも慣れていないころのことだ。

増田征児は、お弁当の時間にわざわざ朝子に近づいてきて、そう言ったのだ。

ゴボウって、細くて長くて、たまに泥《どろ》がついたまま売ってたりするあの野菜のこと？

私が、あのゴボウに似てるってこと？

あのとき朝子は、あまりのショックで、呆然《ぼうぜん》と増田を見上げるばかりだった。

そんな朝子に、増田はさらに続けた。

「おまえのあだ名は、今日からゴボウだ」

そして、増田のそのひと言がきっかけで、クラスの男子がいっせいに朝子のことを「ゴボウ」と呼びはじめてしまったのだ。

朝子はそれがイヤでイヤで、学校に行きたくないと、危《あや》うく不登校になりかけたほどだった。

幸い、家庭訪問のときに、お母さんが先生に言ってくれて、すぐにそのことがホームルームで取りあげられた。

「いや、あの、なんか似てると思ったんで」

言いだしっぺの増田は、先生に問いつめられると、そう言ってうつむいていた。

「これからはちゃんと名前で呼びます。本当に、申し訳ありませんでした」

そして朝子に向かって、かなり申し訳なさそうに謝《あやま》ってくれた。

ところが、その日の放課後のことだった。

「野崎さん」

掃除当番《そうじとうばん》を終えて、帰ろうとしている朝子を、クラスメイトの佐々木澄子《ささきすみこ》が呼びとめた。

「あのさあ、若菜真希《わかなまき》っていうモデル知ってる?」

朝子は、それまで澄子とほとんど話したことがなかった。

「この子なんだけど」

だけど澄子はそう言って、持っていたノートを見せてくれた。

そのノートには雑誌の記事や写真が無造作に貼《は》ってあって、その中の一ページに若菜真希の写真が貼られていた。

「私、べつにこの子のファンってわけじゃないんだけど、この子、ファンのあいだでは、ひそかにゴボウって呼ばれてるんだよね」

「えっ?」

「なんか、小さいときからのあだ名なんだって」

朝子はもう一度、その写真を見た。

「つまりさ、増田は野崎さんのこと、この子に似てるって言いたかったんじゃないの？」

「ええっ、全然似てないよ」

だって、痩《や》せているけど、目が大きくて、髪《かみ》もさらさらで、すごくかわいい。

自分とは全然違《ちが》う。

すると澄子はそのノートを閉じて言った。

「まあ、そう思うなら、それでいいけど」

そして、そのまま朝子から離《はな》れていってしまった。

ぶっきらぼうで、クラスでもちょっと浮《う》いている感じの彼女《かのじょ》の後ろ姿を見ながら、朝子はなにが言いたかったんだろうと首をひねった。

だけどそのあと、増田が若菜真希の写真を下敷《したじ》きにはさんでいるのを見たり、ファンイベントに行ったという話を耳にしたりして、朝子は複雑な気分になった。

そして今回、クラス替《が》えの掲示板《けいじばん》の前で増田の名前を見つけたとき、朝子はやっぱりちょっと複雑な気分になった。

実は、今では朝子も、若菜真希のファンになっていた。

たまたま見かけた雑誌のインタビュー記事で、彼女《かのじょ》もまた痩《や》せすぎの身体《からだ》が昔はすごくイヤだったというのを知ったのがきっかけだった。

だから増田が今でも彼女のファンなら、なんか気まずいなあと思ったのだ。

なんでそう思うのかは、自分でもよくわからないのだけど……。

そんなことを思いだしつつ、朝子は再びアンケート用紙に向かった。

もし私が誰《だれ》かとつきあうなら……。

この痩せすぎの身体が好きって言ってくれるひとがいい。

ゴボウでいいじゃんって、言ってくれるひとが……って……あれ？

私、なんでこんなこと考えてるんだ？

この質問、増田とか、私の身体とか、どんなひととつきあいたいかとか、全然関係ないじゃん。

朝子はバカみたいと自分にあきれながら、回答欄《かいとうらん》にきっぱりと書いた。

A　つきあっているひとはいません。

さて、次、次の質問。

朝子は先生に言われたとおり、増田が本当に瞑想《めいそう》しているのか気になりつつも、あえてそっちは見ないようにして、さっさと次の質問に向かった。

## Q4 あなたの将来の夢はなんですか?

将来の夢ねぇ……。

なんとなく昔から、朝子は看護師がいいなと思っていた。

いとこに看護師がいて身近だったし、一度資格を取ればずっとその仕事ができて、しかもひとから感謝される。

そのせいか誰《だれ》に話しても、反対されたことがないどころか、たいていはほめられるので、ずっと気持ちは変わらなかった。

だけど、春休みに詩織と渋谷《しぶや》に遊びに行ったときだった。

女のひとに声をかけられてふたりは立ちどまった。

「ごめんなさいね。私、けしてあやしい者じゃないのよ」

そのひとはそう言って、詩織ではなく朝子に名刺《めいし》を渡《わた》した。

「あなた、今、何歳《なんさい》?」

「今度、中三です」

だけど答えたのは、詩織だった。

「そう、じゃあ、まだ身長伸《の》びそうかしらね」

朝子は、なにが目的で話しかけられているのかさっぱりわからなかったけど、詩織はそのひとがくれた名刺《めいし》をのぞきこんで、パッと顔を明るくさせた。

「あなた、すごくステキよ。モデルになりたいって思ったことない？」

「モデル？」

朝子はすっとんきょうな声で繰《く》り返《かえ》した。

モデルって、雑誌とかに出てくるファッションモデルのこと？　もしかして、これはスカウト？

だけど朝子はすぐに、あやしいと思った。

痩《や》せているからって、背が高いからって、誰《だれ》でもモデルになれるもんじゃない。これはきっと、なにかのわななのだ。

「今は興味がなくてもいいの。だけど、今度一度、事務所に遊びにこない？　お友達とかご両親とか、いっしょでいいから」

「友達でもいいんですか？」

一方、詩織はなぜかノリノリだった。

「うん、いいわよ」

そのひとは、にっこり笑ってうなずいた。

すると詩織が、今度は少し遠慮《えんりょ》がちに言った。

「あのぉー、レイラとか、会えたりします？」

「あら、レイラを知ってるの？　じゃあ、来るとき会えるようにしてあげるから、その名刺《めいし》に書いてある私の携帯《けいたい》に電話してね」

「ギャー！　ほんとですかー！」

今まで聞いたことのない、奇声《きせい》をあげて喜んでいる詩織を見て、レイラが誰《だれ》だかさっぱりわからない朝子は、首をひねるばかりだった。

「ちょっとー、すごいよぉー！」

そのひとがいなくなってからも、詩織の興奮はなかなかおさまらなかった。

そして、けげんな顔のままの朝子に、ここはパリコレとか外国のショーに出るようなモデルに強い事務所で、レイラは日本より世界的に有名なモデルなのだと教えてくれた。

それでも朝子はにわかに信じがたく言った。

「でも、私、モデルなんて興味ないし、だいたいこの顔じゃあ無理だよ」

すると詩織は、大きくうなずいた。

「うん、朝子の顔、かわいくはないよね」

朝子は詩織のこういう、気をつかってウソやお世辞を言わないストレートなところが好きだった。

そして、その詩織がこう続けたのだ。

「だけど、個性的ではあるんだよね。好きなひとは好きだと思うし、そういう意味で、この事務所のモデル向きだと思うよ」

いつも遠慮《えんりょ》せず、ずけずけとものを言う詩織の言葉だからこそ、朝子はそれって信じてもいいのかなという気持ちになった。

そしてそれ以来、ひそかに、もしかして私の顔、そう悪くないのかな、モデルになれるような顔なのかなと、鏡をのぞきこむことが増えていた。

ファッションモデル。

それまで、まったく考えたことがなかったといえばウソになる。

だってもしモデルになったら、きっとこの身体《からだ》に対するコンプレックスが消えるだろうし、むしろそれを生かした仕事ができるなんて、それこそ夢のようだ。

「背が高くて瘦《や》せすぎのこの身体が嫌《きら》いだったけれど、このお仕事につけて、私、こんな自分でもいいんだと思えるようになったんです」

あの若菜真希も、雑誌のインタビューでそう言っていた。

「あなた、すごくステキよ」

そしてあれ以来、スカウトのお姉さんの言葉が、朝子の心をときおりくすぐるようになった。

私でも、できるのかな。

こんな私でも……。

その事務所には、まだ電話をしていない。

だけどあのときもらった名刺《めいし》は、大事に取ってある。

あなたの将来の夢はなんですか？

その質問を前に、朝子の気持ちは大きく揺《ゆ》れた。

だけど回答欄《かいとうらん》には、こう記した。

**A** 今のところ、看護師、とかです。

ふふふ。

「とか」ってなんだよ。

朝子は自分の回答にそうつっこみながら、笑いをこらえた。

でも、ウソじゃないしな。

悪くない回答だと、朝子は満足だった。

さて、あと残り一問。

なんだか廊下《ろうか》が騒《さわ》がしい。

すでにホームルームが終わって、帰りはじめているクラスがあるようだ。

「さあ、そろそろいいかしら？　まだのひとは、急いでね」

山田先生も、外の様子が気になったのか、立ちあがって言った。

最初に回答時間を指定しなかったくせに、急に早く回答してっていうのは、おかしいんじゃないの？

朝子は心の中で文句を言いながら、最後の質問に向かった。

**Q5** 中学生活最後の学年です。これからどんな一年にしたいですか？

どんな一年って、受験しかないじゃん。

そこが小学六年生のときとは違《ちが》うところだ。

朝子は中学受験をしなかったので、受験というものに初めて挑戦《ちょうせん》することになる。すごく緊張《きんちょう》するんだろうな。試験中に、頭が真っ白になったらどうしよう。それでどこの高校も受からなかったら、どうなるんだろう。

今から本番当日を想像するだけで、ドキドキしてしまう。

実は、中一の初めての中間試験が、そうだった。

いつのテストが成績に反映されているかイマイチわからない小学校と違って、中学は中間試験と期末試験だけが勝負だ。

それでひどく緊張した朝子は、頭が真っ白になってしまい、ほとんどまともに解答することができずに試験を終えてしまったのだ。

この緊張しすぎる性格で、受験なんて本当に乗《の》り越《こ》えられるのだろうか。

「推薦《すいせん》にすればいいじゃん」

前に朝子がそんな不安を打ち明けると、詩織はあっさりと言った。

「でも、なんかそれじゃあダメって感じするし」

そういう方法があることは、もちろん朝子もわかっている。

「なんで？　受験なんか推薦でも、なんでも、結局受かればいいわけじゃん」

「そうなんだけど、なんていうか、正々堂々と勝負したって思って入学したいんだよね」

「わけわかんない」

あきれる詩織に、朝子もうなずいた。

そう、受験で大事なことは、合格することだ。正々堂々と勝負したければ、もっとほかのなにかでやればいいのだ。

だけど……。

朝子は人生最初の大きな試練だからこそ、きちんと勝負をしてみたかった。

そうじゃなきゃ、自分は変われない。

この痩《や》せすぎの身体《からだ》を気にする性格、苦手なことから逃《に》げたい性格、緊張《きんちょう》しすぎる性格。そんな自分が好きになれないから、いつも自信がないし、未来に対しても希望が持てない。

朝子は、そんな自分から卒業したかった。

早いうちに、できれば中学のうちに克服《こくふく》して、生まれ変わったような自分で高校生活を満喫《まんきつ》したい。

そのために、この初めての関門は逃げたくないと思うのだ。

受験に真っ向から挑《いど》んで、勝利を勝ち取り、ターニングポイントとなる年にしたいのだ。

「まあ、好きなようにすれば？」

そういう気持ちを素直《すなお》に話すと、詩織の反応はやっぱりどうでも良さそうだった。

「うん。だけどそれで落ちたら、やっぱり推薦《すいせん》にすれば良かったって後悔《こうかい》しそうだよね」

わけがわかんない自分を笑うかのように朝子が言うと、詩織が言った。

「まあ、後悔も悪いことばかりじゃないけどね」

悪いことばかりじゃない？

「私、中学受験で当日に高熱出して後悔したから、それ以来、大事なイベントの前に風邪《かぜ》ひいたことないもん」

詩織が、中学受験に失敗して、しかたなく公立の中学に進んだことは知っていた。

「初めてのデートも、バスケの試合も、関《かん》ジャニのコンサートも、パーフェクトで楽しめたのは、万全《ばんぜん》の体調で臨《のぞ》んだからだよ。ああいう後悔はもう二度としないの、私」

涼《すず》しい顔でそう言いきる詩織を見て、朝子はこれなんだよな、と思った。

ちゃんと勝負したことのあるひとは、後悔しても、いじいじするどころか、こんなふうに自分の強みに変えることができる。

だったらいっそ、後悔を抱《かか》えてみるのも悪くないと思うのだ。

それは、きれいごとかもしれない。

実際、勝負してみて、負けたとき、そんなふうに思えるか、まるでわからない。

だけどこれは、自分を変えるチャンスなのだ。

これくらい大きな勝負に、全力で臨《のぞ》まないと、とても今の自分を変えることはできないと思うのだ。

それで朝子は、最後の質問にこう回答した。

A　勝負の年にしたい。

朝子は、大きく息を吐《は》いて、窓の外を見た。

相変わらず、桜の花びらがはらはらと散っている。

すべての回答を終えてホッとしたせいか、朝子は、しみじみと本当に中学三年生になったのだと実感していた。

がんばらないと。

朝子は、最初の思惑《おもわく》どおり、ひどくシンプルな五つの回答を眺《なが》めながら、強い覚悟《かくご》でそう思った。

そして最後の名前を書く欄《らん》に「三年一組、野崎朝子」と書くと、これは間違《まちが》いでもなんでもない現実なんだと、ようやく信じられる気持ちになったのだった。

# Q2 バレーボールにかけた青春の終わり

増田征児《ますだせいじ》

「ねぇ、新しい教材届いてるわよ」

愛《いと》しい息子《むすこ》が、試合からくたくたになって帰ってきたというのに、母親は「おかえり」でも「試合どうだった？」でもなくいきなりそう言った。

「先月のはちゃんとやったの？　もう、送ったの？」

「ああ……まだ、途中《とちゅう》」

増田征児《ますだせいじ》はバッグから、汗臭《あせくさ》いユニフォームやタオルを脱衣所《だついじょ》の洗濯《せんたく》かごに投げこみながら答えた。

「途中ってあんた、もう、次のが来ちゃったじゃないの」

「もう、あとちょっとだから大丈夫《だいじょうぶ》だよ。すぐ終わるから」

自分の部屋にそのバッグを置いて、そこで制服を脱《ぬ》いで部屋着に着替《きが》える。脱いだシャツをまた脱衣所《だついじょ》の洗濯《せんたく》かごに入れにいく。母親がそのあとをピタリと追って続ける。

「ちゃんとやらなかったら、塾《じゅく》だからね」

「わかってるよ」

征児はしつこいなと思いつつ、今度はキッチンに向かって、冷蔵庫からペットボトルを取りだした。

「で、試合はどうだったのよ」

そこで突然《とつぜん》、話が変わってドキリとした。

だけど動揺《どうよう》をさとられないよう、征児はグラスに水をそそぎながら答えた。

「まあまあ、だよ」

自分でそう口にしてから、しまったと思った。

「ふうん、まあまあ、ね」

だけど母親は、それ以上征児を問いつめることはなかった。バレーボールの試合に「まあまあ」なんていう結果があるはずもないのに、リビングに戻《もど》って、洗濯物を畳《たた》みはじめている。話は終わったらしい。

征児はホッとして、水をいっきに飲みほし、自分の部屋に戻ってドアを閉めると、ベッドに転がった。

三年生最後の地区大会。

せめて一度でいいからベスト4に入ってみたいというチームの願いは、ベスト16敗退で終わってしまった。

征児は一年の春に入部してからこれまで、チームの勝利に貢献《こうけん》するべく、全力で練習に励《はげ》んできた。

夏休みも冬休みも春休みも返上して、体育館でボールを追いかけ、基礎体力作《きそたいりょくづく》りの持久走や筋トレも、一度も手を抜《ぬ》くことはなかった。

二年の夏にキャプテンに選ばれてからは、どうしたら強いチームになるか本やネットで勉強するだけでなく、強いチームの練習を見学させてもらったりして、さまざまな練習方法を試《ため》し、メンバーもそんな征児についてきてくれた。

それなのに目標の地区大会ベスト4には、結局一度も入ることができなかった。

これで終わりかあ。

あっけないもんだなあ。

ふと、さっき母親に渡《わた》された教材が、目に入る。

あとはもう受験だけかあ……。

そう、かなしみにどっぷりつかってる暇《ひま》はない。次の目標に向かってがんばらないと。

受験に勝って今度は……。

そこまで考えて、征児はぎゅっと目を閉じた。

とてもそんな気分に、なれない。

まだ、無理……。

だけど、このままここに転がっていたら……たぶん、泣くな、オレ……。

今日の試合どころか、今までの努力やキャプテンとしての責任について考えはじめたら最後、声をあげて泣きだしてしまうかもしれない。

リビングに母親がいるのに、それはまずい。

征児はしかたなくベッドから身体《からだ》を起こすと、教材を手に取った。

本当は先月届いた教材は、途中《とちゅう》どころか封《ふう》を開けたきりまるで手をつけていなかった。

親から受験に向けて、塾《じゅく》か通信教育のどちらかを始めよと命じられたのが、今年の一月。

征児は当然、通信教育を選んだ。

まだまだバレーボールの大きな大会が控《ひか》えているのに、塾に行っている暇などないと判断したからだ。

通信教育はテキストを読み、練習問題を解き、最後に提出用のテスト問題を解いてそれを送付するだけでいい。

塾《じゅく》に行くよりずっとお手軽だ。

だけど最初はまめに取りくんでいたその教材も、すぐに三日、一週間とほったらかしにするようになった。そして、この一か月は中間テストがあり、そのあとはもう試合のことで頭がいっぱいで、まったく手をつける余裕《よゆう》がなかったのだ。

征児は、勉強机の前に座《すわ》ると、まずは先月分の教材をひろげた。

真新しいままの国語や数学の教材とともに、提出用のテスト問題や受験生用の情報が載《の》っている小冊子も入っている。

だけど……。

やっぱ無理。

どれもページを開く気になれない。

こんな気持ちで、勉強なんかできるわけねーよ……。

それでなんとなく小冊子のほうをぱらぱらとめくっていると、最後にハガキがついているのを見つけた。

それはちょっとしたアンケートになっていて、回答して送ると図書カードがもらえると書いてあった。

図書カードねえ……ってことは、漫画《まんが》も買えるよな。一巻から集めてきた『ONE《ワン》 PIECE《ピース》』、最近のは全然買えてないよなあ。

よし、これだ。

今やるべきなのは、これ。

先に、こっちをやって、はずみをつけて、教材に取りくめばいいのだ。

質問事項《しつもんじこう》は、全部で四つ。

征児はシャーペンを手に取ると、さっそくアンケートに答えることにした。

Q1 今、友達関係で悩《なや》みはありますか？

友達ねえ……。

特に悩んだことはないなあと思いつつ、ふと、ある顔が浮《う》かぶ。

それは、星川中《ほしかわちゅう》バレーボール部のエース《小島翼《こじまつばさ》》だった。

小島とは、べつに友達ってわけではなかった。

そもそも他校だし、試合のときくらいしか、顔を合わせないし。

らいだ。

だけど征児にとって、小島は今年の二月まで憧《あこが》れの存在だった。

尊敬していたし、正直、寝《ね》ても覚めても、小島のことばかり考えていた時期もあったく

すでに百九十近くある長身の小島は、地区大会優勝の常連校の星川中でエースアタッ

カーだった。

一方、征児の身長はいまだ百六十に届かない。そのため、結局割りあてられたポジショ

ンはセッター。身長を伸《の》ばしたい、強烈《きょうれつ》なアタックを決めたい、と夢見て入部したのに、

残念な結果だ。

それはともかく、二年の夏にキャプテンになった征児は、チームが強くなるにはどうし

たらいいかを考えた。

これまでどおりの練習ではきっとダメだろうと思った。

強いチームというのは、ずっと強い。毎年、集まってくるメンバーが違《ちが》うのに、それで

も強いのは、練習方法に秘密があるからだ。練習方法がきちんと受けつがれ、それでメン

バーが替《か》わっても強いチームでいられるのだろう……。

そんな仮説を立てた征児は、顧問《こもん》の先生を通して、星川中の練習の見学を願いでた。

そして星川中は快くそれを受けいれてくれ、征児はメンバー数人を連れて、見学に行っ

た。

たぶん、あれがきっかけだったのだろう。

秋の地区大会のとき、小島のほうから征児に話しかけてきたのだ。

「こんにちは。増田くんだよね。このあいだ、うちの練習、見学に来ていた」

「あっ、はい」

征児はそのとき、試合に負けたばかりでバツが悪かった。

おまえ、うちの練習見せてやったのに、一回戦負けかよ。いったいなにを見にきたんだよ。

そんなふうに、文句を言われるのかと思った。

だけど小島は言った。

「増田くん、すごくいいトス上げるんだね」

身体《からだ》は大きいのに、声が高くて、話しかたもまろやかなのが意外だった。いつも遠くから見ているだけだったし、見学のときも話は全然しなかったし、ちゃんと声を聞いたのは初めてだったのだ。

「あっ、ありがとう」

征児は話しかけられて、しかも、プレイをほめられて、嬉《うれ》しかった。

「これからもがんばろうね」

「はい！」

そう言って去っていく小島の背中に、征児は気づくと、深々と頭を下げていた。

いいトス上げるんだね。いいトス上げるんだね。いいトス上げるんだね……。

それ以来、この言葉が征児の支えになった。

どんなに練習が苦しくても、試合に負けても、この言葉に支えられてがんばることができた。

しかもそれ以来、小島は、試合会場で目が合うと、小さく笑っておじぎをしてくれるようになったのだ。

さらに、冬休みが終わったころ、朗報が舞《ま》いこんできた。

「小島って、松葉高狙《まつばこうねら》いなんだってさ」

それは、チームメイトの桜沢直哉《さくらざわなおや》が塾《じゅく》で星川中のヤツから聞きだした情報だった。

小島のことだから、高校はスポーツ推薦《すいせん》でどこかの強豪校《きょうごうこう》に拾われるだろうと想像していた征児にとって、それはチャンスだった。

偏差値《へんさち》の高い進学校ではあるけれど、地元の公立校である松葉高なら征児でもがんばれば行けるのだ。

松葉高に行って、小島といっしょにコンビプレイをしてみたい。自分の上げたトスで、あの強烈《きょうれつ》なアタックが決まる瞬間《しゅんかん》を見てみたい。

そのとき、ふと、征児の頭に小島のあの言葉がよみがえった。

「増田くん、すごくいいトス上げるんだね」

もしかして……。

小島もそれを期待しているんじゃないか。

公立高校なら、征児も入学してくるかもしれない、あいつのトスでアタックを決めてみたい。

小島は実はひそかに、それを期待して、公立高校を狙《ねら》っているんじゃないか？

それ以来、征児はバレーボールだけじゃなく、勉強にもまじめに取りくみはじめた。

それまでろくに勉強しなかったくせに、親に言われて素直《すなお》に通信教育を始めたのも、そのためだったのだ。

それなのに……。

あれは忘れもしない、二月の地区大会でのことだ。

征児は試合会場で、小島からそっと小さな紙袋《かみぶくろ》を渡《わた》された。

「あの、これ、もし良かったら」

「えっ、なに……」

「いや、あの、どうしても僕《ぼく》の気持ちを伝えたくて……」

小島はもごもごと照れくさそうにそう言うと、逃《に》げるように征児から離《はな》れていった。

ひとり取り残された征児は、考えた。

気持ちを伝えたいって……もしかしていっしょに松葉高に進まないか、そしていっしょにコンビプレイをしたいってことだろうか。

いいトス上げるんだね。いいトス上げるんだね。いいトス上げるんだね……。

征児を支えてきた、あの言葉が頭の中でリフレインする。

征児はドキドキしながら、包みを開けた。

すると、中身はリボンのかかったかわいらしい箱で、ふたを開けると手作りらしきチョコレートが入っていた。

それと、手紙……。

《大好きです。ずっと、憧《あこが》れてました。食べてください》

征児はその場でしゃがみこみそうになった。

これは……どういう意味だ？

憧れてるって、それはもちろんセッターとしてだよな。でも、このバレンタインシーズンに、チョコってことは、まさか……。

征児はアンケート用紙を前に、あのときのことを思いだして、ひとり肩《かた》を落とした。

そう、あいつはただの他校のバレーボール部員で、友達ではない。

今までも、そして、きっと、これからも、だろうな……。

そして、回答欄《かいとうらん》にしぶしぶ書いた。

A　特に悩《なや》みはありません。

征児はべつに男子が男子を好きでも、全然いいと思っている。

自分はそういうのを気にするような人間じゃないと自負している。

だから小島がいわゆる、そういうタイプの男子だとしても、全然いいと思うし、アタッカーとして尊敬する気持ちも変わらない。

そうだよ。だからあのチョコレートのお返しをしていないのだって、単純にホワイトデーの時期に会う機会がなかっただけだし、あれ以来試合で見かけることはあっても、視線が合わなかったのはたまたまだし、近づいてきたところで突然《とつぜん》回れ右して走りだしたのは、急にトイレに行きたくなっただけだし……。

必死で頭の中で言い訳して、征児はふうと息を吐《は》いた。

そして小島を思《おも》い浮《う》かべながら、声に出さずに言った。

ごめん、小島。

悪いけど、ごめん……。

だって……オレ、好きな子がいるし、だから大好きと言われてもその気持ちには応えられないし……。

っつーか、なにより！

征児は今、あらためて思うのだ。

オレはおまえと仲間になりたかったんだよ。

同じ高校でバレーボール部に入って、ともにインターハイを目指すような、そんな仲間になりたかったんだよ。

オレはそれを支えにがんばってきたんだよ。

それなのに、それなのに、それなのに……。

おまえはオレからなんの反応もなくてがっかりだろうけど、オレだって、がっかりなんだよ。

おかげで、がんばって松葉高に行こうって気力がなくなっちゃったじゃんかよ。

だから最初はがんばっていたこの通信教育の教材だって、こんなふうにためるようになっちゃったし……。

せめて、最後の試合だけでも結果を出して、後悔《こうかい》なく終わらせたかったのに、こんな結果だし……。

そこで突然《とつぜん》、また鼻の奥《おく》がつんとする。

ダメだ。

今、バレーボール関係のことを考えると、泣いてしまいそうだ。

征児はあわてて次の質問に向かった。

Q2　両親のことが好きですか、嫌《きら》いですか？　それはどんなところですか？

両親、両親、両親……。

征児は頭を必死で切りかえた。

両親が、好きか嫌いか。両親が、好きか嫌いか……。

なんか、前にもこんな感じのアンケートでおんなじようなことをきかれたような……。

ああ、そうだ、このあいだのクラス替《が》えのときだ。

あのあと新入生歓迎会《かんげいかい》の部活紹介《しょうかい》の芝居《しばい》の練習をしたくて、スゲーいいかげんに答えたあのアンケート。

あのときは、なんて書いたっけ……。

「好きです。母は食事がうまいとこ。父は仕事を一生懸命《いっしょうけんめい》にやってるとこ」

たしか、そんなふうに書いたはずだ。

うん、あれは当《あ》たり障《さわ》りない、いい回答だった。

だいたい、あんなアンケートで、本音書くヤツなんているのかね。へんな回答して、先生に呼びだしくらうのなんて、バカバカしいじゃん。

それに回答を読むのは、新しく担任になったばかりの山田《やまだ》ちゃんだよ?

ずっとバレーボール部の顧問《こもん》で、自分が親ならこんなブサイクな娘《むすめ》をとても育てられないとか、一生彼氏《かれし》なんてできないだろうから出家しろとか、さんざんからかってきた相手だよ?

マジなことなんか、書けるわけないじゃん。

それなのにこの受験がかかった大事な時期に、どうして担任になるかね。

ちゃんとマジな相談ができるベテラン教師が良かったのに、ほんと最悪だよ……って、

まあ、それはともかく……。

両親のことが好きか嫌《きら》いかってきかれれば、本音はこうだ。

「母親はウルセー。親父《おやじ》はダセー。まあだけど、嫌いってわけじゃないけどな」ってところかな。

征児は回答欄《かいとうらん》にそのまま書こうとして、ふと、考えた。

実際、母親に関しては、小うるさいところはあるが、嫌いっていうほどじゃなかった。

現在、いわゆる思春期なので、なにをきかれてもテキトーで愛想《あいそ》のない返事でごまかし、だから男の子はつまらない、女の子を産みたかったとがっかりさせているけど、暴れたり、引きこもったりするよりましだと思われているのもわかっている。

よって、母親とは非常にまっとうで、適度な距離《きょり》でつながっていると、征児はその関係に満足している。

特にさっき、試合結果を「まあまあ」と答えた征児に、それ以上つっこんでこないところは、おみごとすぎて思わず感謝の念を抱《いだ》いてしまったほどだ。

しかし、父親は……。

征児から「はあ」とため息がこぼれる。

彼《かれ》は理解ある良き父親でいたいという理想があるらしく、それはとても立派な心がけなのだけど、現在の征児にとってはそれは迷惑《めいわく》以外のなにものでもなかった。

小さいときは良かった。すばらしかった。

いっしょにキャッチボールをしたり、釣《つ》りに連れていってもらったり、ふたりでローカル線を乗《の》り継《つ》ぐ電車の旅に行ったりと、征児も父親と過ごす時間がなにより楽しかった。

しかし征児は今、父親のそういったサービスを必要としていない。

思春期の男子が、親といっしょは、恥《は》ずかしいし、つまらないし、格好悪《かっこわる》いと思うことは、まったく正常だ。

そんな征児を、母親はそういうお年頃《としごろ》になってしまったとあきらめてくれているのに、父親はあきらめないのだ。

そして、どんな誘《さそ》いにも乗らない征児に、父親はとうとう奥《おく》の手《て》を使ってきた。

あれは誕生日でもクリスマスでもない、ふつうの日曜日のことだった。

「征児、プレゼントだ」

父親は征児の部屋にやってくると、紙袋《かみぶくろ》を渡《わた》した。

征児がけげんな面持《おもも》ちでそれを開けると、中身はなんと……エロ本だった。

もちろん、興味はある。今すぐにでも、ページを開きたかった。

だけど、こういうのは、友達から借りたり、もらったりして、親に隠《かく》れて見るものだ。

親に、プレゼントされて嬉《うれ》しいものじゃない。

「大丈夫《だいじょうぶ》、母さんには内緒《ないしょ》だから」

父親はそう言うと、征児に向かって親指を立ててみせた。

征児はそんな父親を前にして、頭がくらくらした。そしてそれを紙袋《かみぶくろ》にしまうと、そのまま父親につき返して言った。

「いいよ。こんなのいらない」

だけど父親は、さわやかに笑って言うのだ。

「遠慮《えんりょ》するな。こういう本に興味があるのは、悪いことじゃない」

「いや、ほんと、いいから」

うんざりして征児が顔をそむけても、父親はさらに続けるのだ。

「いいか征児、こういう本を隠《かく》すのは、ベッドの下ではすぐにばれる」

そして、部屋の本棚《ほんだな》のいちばん下の段をさして言うのだ。

「隠すなら、あの絵本コーナーのあいだが、ベストだ。なぜならあそこは、基本的にもうほとんど触《さわ》ることはないだろう？　だから部屋がどんなに散らかっていても、母さんが片づけたりすることがないからな」

なるほど、それはいいアイデアだと感心してしまいそうになり、征児はあわてて言った。

「わかったよ。わかったけど、オレ、本当にこういうのいらないんで、もうしまってください」

すると、父さんは少しだけ顔色を変えて言った。

「おまえ……もしかして、こういうのに興味がないのか？」

それは、がっかりしているようにも見えたし、なんかもっと、大きくショックを受けてるようにも見えた。

だけど征児はきっぱりと言った。

「ないです」

そう言わないと、ひっこんでくれないと思ったからだ。

「本当に？」

父親が信じられないという様子できくから、征児も強くはっきりと主張した。

「まったく、全然、興味がないです！」

「そう、か、そう、なのか……」

するとと父親はつぶやくようにそう納得《なっとく》すると、やっと部屋から出ていった。

征児はホッと安心すると同時に、やっぱりちょっと見てから返せば良かったかなと、かなり後悔《こうかい》した。

しかし、それから数日後。

ふと勉強机を見ると「父より」という手紙らしきものが置いてあり、その手紙を開くとこう書いてあった。

《父さんは、おまえが男を好きでも、かまわないからな。いつでも、相談に乗るぞ》

そのとき征児は、生まれて初めて、突然《とつぜん》身体《からだ》の力が抜《ぬ》けて、その場でガクッとひざをついて転ぶという経験をした。

どうして、そうなるんだ。どうして、そっちを疑うんだ。

オレはもしかして、そっちを疑われるようななにかを持っているのだろうか。

小島から告白されたのも、そのせいなのか？

今まで女子にコクっても、すべて振《ふ》られてきたのはそのせいなのか？

自分で、気づいてないだけで本当は……？

征児はブルッと頭を横に振った。

いやいや、そんなわけない。だって、あのエロ本、本当はすごく見たかったし、今まで好きになった相手は全員女子だし、だからオレはただのエロ男子だ。

世の中にくさるほどいる、ただのエロ男子だ。

征児は頭をくしゃくしゃとかきむしると、あらためてアンケートに向かった。

なんで親のことかかれてるのに、オレはこんなこと考えてるんだ？
今、ここでオレが考えなきゃいけないのは、親が好きか嫌《きら》いかだけだ。
それで征児は最初に思ったことを、マイルドな言葉に替《か》えて回答した。

A　母親はうるさいけれど、まあどっちかというと好き。父親はとにかくウザい。マジ勘弁《かんべん》してほしいです。

どうせ回答を見るのは、この通信教育のスタッフで、知らないひとだ。だいたい中学生の本音を知りたくて、こういうアンケートを取っているのだろうから、これくらい書いていいだろう。
さあ、次だ。次にいこう。

Q3　あなたは現在、恋愛《れんあい》していますか？　片思いでもかまいません。そのひとのどんなところにひかれますか？

きたー！
この質問。
オレは、今まさに、こういう質問を待っていたぜ。

そう、オレは女子が大好き。女子と恋愛《れんあい》したい。今モーレツに、彼女《かのじょ》が欲《ほ》しい。

そうだよ。このあとの中学生活は受験しかない、なんてことはない。

恋愛があるじゃないか。

恋《こい》だよ、恋。

これぞ青春。

今まではボールばっかり追いかけてきたけど、これからは……。

そこまで考えて、盛りあがっていた気持ちが急にしぼむ。

征児はべつにボールばかり追いかけてきたわけではないのだ。

実は中学に入って、すでに三回振《ふ》られているのだ。

最初は、一年のとき。相手は同じ学年で陸上部の波多野由里《はたのゆり》。

昼休みにふざけていて壁《かべ》に顔面をぶつけ、鼻血が止まらず、保健室に行ったときに処置をしてくれたのが彼女だったのだ。

処置といっても、鼻に詰《つ》めるための綿をもらっただけだけど「ほかに痛いところはない？　大丈夫《だいじょうぶ》？」と親切にされて以来、気になるようになった。

そして、波多野由里と同じ陸上部にいる若林 武《わかばやしたけし》から彼女のメアドをゲットして、思いきってコクってみた。

だけど、いくら待っても返事がこなくて、廊下《ろうか》でたまたますれ違《ちが》ったとき、にっこり笑いかけてみた。

すると彼女《かのじょ》は、あわててうつむいて、逃《に》げるように走りだしたので、こりゃダメだとあきらめた。

次は、二年になったばかりのころ。相手は、バレーボール部のひとつ先輩《せんぱい》である鈴木美緒《すずきみお》。

バレーボール部の卒業生を送る会で、征児は一発芸をいくつも披露《ひろう》し、そのあとのカラオケでもアイドルの歌をノリノリで歌ってみせた。

「あの子、おもしろいね。私、ああいう彼氏《かれし》が欲《ほ》しいんだよね」

あのとき彼女がそう言っていたと、征児はあとで違う先輩に聞かされた。

だから、部活帰りにたまたまふたりきりになったとき、勇気を出してコクってみた。

「鈴木先輩、オレとつきあいませんか？」

「えーっ、超《ちょう》うけるんだけどー」

「へへへ、うけましたー？」

征児はいっしょに笑ってその場を切りぬけつつ、こりゃダメだとあきらめた。

三度目は、三年に進級する直前。相手は同じクラスの島田《しまだ》かおり。

いっしょにクラス委員をしていて、卒業式の準備のために特別にホームルームを抜《ぬ》けだして、体育館に向かう途中《とちゅう》の廊下《ろうか》で言われた。

「増田くんって、彼女《かのじょ》いるの？」

「いないよ？」

「えーっ、もてそうなのにねぇ」

「じゃあ、オレとつきあう？」

「うーん、それはありえないな」

「あっ、そう」

これは勇気を出してコクってないぶん、非常に損した気分になった。

こんなふうに、征児はこれまで彼女を作るためのチャンスは逃《のが》さないようにしてきた。

そう、努力はしてきたのだ。

「おまえ、今までコクった相手の共通点が、どこにもないんだけど」

そして、親友の中瀬義巳《なかせよしみ》はそう言って首をひねるけど、ちゃんと共通点はあるのだ。

三人とも、征児より身長が低いのだ。

征児の最大のコンプレックスは、身長が低いことだ。だからデートで並んで歩いたとき、自分より大きい子だとそのコンプレックスとたたかわなければならなくなる。

「おまえ、ちゃんと自分好みの女子とつきあわないと、そのあとがたいへんなんだからなあ。オレなんか好きだからいろいろ我慢《がまん》できるけどさー、好きじゃなかったらやってらんねーよ」

自分でコクってゲットした彼女《かのじょ》に振《ふ》りまわされて、たいへんな思いをしている中瀬はしみじみとそう言う。

そう言われてしまうと、身長が自分より低い、というのが、はたして自分の「好み」と言えるかは、あやしいとも思っている。

実は征児には、一年のときから憧《あこが》れている子が、いるのだ。

一年のときに同じクラスで、三年になって再び同じクラスになった野崎朝子《のざきあさこ》。

彼女はものすごく細くて、個性的な顔をしている。大好きなアイドルの若菜真希《わかなまき》にちょっと似ていて、はっきりいって、もろ好みだ。

実は一年のときに、若菜真希に似ていると言いたいがためにへたに話しかけて、彼女を傷つけてしまった過去があるのだけど、まあ、それは理由を話せばわかってもらえるとして……。

問題は、彼女の背が、征児より高いということだ。

それもちょっと、じゃない。すごくすごく高いのだ。

だから、とてもコクろうという気にはならない。

だってもし振《ふ》られたら、背が低いからダメだったんだと思うだろうし、万が一つきあうことになっても、自分より背の高い彼女《かのじょ》と並んでデートするなんて、つらすぎる。

それに、好みのタイプにコクって振られたら、傷つくじゃないか。

征児はシャーペンを指で器用に回しながらそう考えて、ため息をついた。

問題は、ここなのだ。

今まで征児は、コクって振られても、まあしかたないかと思ってきた。

正直、ちょっといいなって思う程度の女子にしかコクってないので、心が傷つくことはなかった。

だけど、もし野崎朝子にコクって振られたら、確実に傷つく自分が想像つくのだ。

そしてひたすら、背の低い自分を呪《のろ》ってしまうだろう。

そう、なによりそれが、怖《こわ》いのだ。

自分が本気で傷ついてしまうのが、怖いのだ。

だから、この身長の低さをものともしない自分を手に入れてからじゃないと、とても野崎朝子にはコクれない。

たとえば、野崎朝子とデートしているとき、誰《だれ》かに「おまえのほうが背が低いじゃゃん」って言われても、平気でいられる自分を手に入れてからじゃないと……。

それさえ乗《の》り越《こ》えられたら、傷つくこと覚悟《かくご》で、野崎朝子にコクってもいいんだけどな。

それで征児は、未来の自分に期待をこめて、回答欄《かいとうらん》にこう記入した。

**A** 片思いだけど、彼女《かのじょ》の個性的な顔と、自分よりかなり背が高いところが好きです。

そう言える自分になりたい。

自分のほうが低くても、全然かまわない。むしろ、そこがいい、と言えるようになりたい。

征児は記入した自分の回答を眺《なが》めながら、深くうなずいた。

なんていい回答だろう。

こいつ、なかなか見どころのある器《うつわ》の大きいヤツだなあ。

回答を見たスタッフのひとはきっとそう思うだろう。

そんないい気分に浸《ひた》りつつ、次の質問にうつる。

## Q4 あなたの将来の夢はなんですか?

将来の夢、ねぇ……。

小学校を卒業するときは、アニメの影響《えいきょう》で探偵《たんてい》だった。そのさらに前は、お笑い芸人。

そして、中学に入ってからは、バレーボールでオリンピックで金メダル……。

バレーボールでオリンピック……。

征児は、そこで大きく息を吐《は》いた。

そうだった。そんな夢を見て、必死で練習してきた時期だってあったのだ。

途中《とちゅう》で現実を知って、最後は地区大会でベスト4まで、目標を下げたのに、それさえもかなわなかった。

かなわないまま、終わってしまった……。

思わずうっとこみあげてくるものがあって、征児はあわてて頭を切りかえた。

次だよ、次。

次の目標だよ。

松葉高に進学して星川中の小島とコンビプレイ……というのも、あのバレンタインデー事件ですっかりしぼんでしまったし、とにかく新しい目標を見つけないと……。

将来を見すえた、新しい目標……。

将来、将来、将来……つまり、どんな大人になるかっていうことだよな。

どんな大人になるか……。

そのときふと、征児の頭に、ある人物が浮《う》かんだ。

あのひと……。

それは、征児の家の近所にある、ラーメン屋で働いている、名前も知らないただのおっさんだった。

「いらっしゃいませー！　ラーメン、餃子《ギョーザ》に、チャーハン、なんでもうまいようまいよー！」

あちこちにチェーン展開しているそのラーメン屋は、たまに若い店員が、自動車がびゅんびゅん走る国道に向かって呼びこみをしていて、征児はずっと、いったいあれはなんのためにやっているのかと、不思議に思っていた。

するとあるとき、同じバレーボール部で女子のキャプテンをしている浅川麻衣子《あさかわまいこ》が教えてくれた。

「あれは、新人の武者修行《むしゃしゅぎょう》なんだって」

浅川は、商店街にある青果店の娘《むすめ》で、ふだんも店を手伝っているせいか、地域の裏情報に詳《くわ》しいのだ。

「ああやって、心を鍛《きた》えるんだってさ。実際、あんなとこで呼びこみしても意味ないからこそ、あれでくじけるようなヤツは、ラーメン屋としてやってけないって、店の方針なんだよね」

あちこちの店に野菜を配達しているせいか、ネットには出てこない名店なんかも知っていて、浅川は《水神中《みなかみちゅう》のぐるなび》と呼ばれている。

「あそこの社長、ひとりで屋台ひくとこから始めた叩《たた》きあげだからねー。中途半端《ちゅうとはんぱ》なヤツに、のれん分けはしたくないんでしょう?」

だから、きっとこの裏情報も本当なのだろう。

征児はその話を聞いて以来、社会に出るってつらいなと思いながら、呼びこみをしている店員を見るようになった。

さらについ最近、征児はそれをおっさんがやらされているのを目撃《もくげき》した。

自分の父親よりはるかに年上に見える頭のうすいおっさんが、国道に向かって大声を出しているのだ。

その姿は、正直痛々しかった。かなしかった。どこかの会社でリストラにあって、それであそこに就職したばかりなのかな、と征児は気の毒に思うばかりだった。

だけど、それから数日後のことだった。

母親が同窓会で遅《おそ》くなるというので、征児は夕飯をそのラーメン屋で食べることにした。

いつもの味噌《みそ》ラーメンを注文して、ひとりふはふはと夢中で食べているときだった。

「あの……」

声をかけられ、征児は顔を上げた。

「お食事中すみません」

すると、その店員は、国道で叫《さけ》んでいた、あの気の毒なおっさんだった。

「そのラーメン、おいしいですか?」

店員のくせに、なんでそんなことをきくのかと、いぶかしく思いつつ、征児はうなずいた。

「いつもと違《ちが》うとこはありませんか?」

「いつもどおり、うまいっす」

すると、そのひとは満面の笑《え》みを浮《う》かべ、深々と頭を下げた。

「ありがとうございます!」

征児はわけがわからなかった。

「あの、そのラーメン、私が作ったんです」

そのひとは顔を上げると、今度は顔をゆがめて言った。

「初めてひとりで作ったんです」

そして、ぽろぽろと涙《なみだ》を流していた。

「あの、ほんと、ありがとうございます」

征児はそんなおっさんを、ただあっけにとられて見つめるばかりだった。

「失礼します」

そうして足早に、厨房《ちゅうぼう》に消えていくそのひとを、征児はやはりぼんやりと見送るばかりだった。

それ以来、征児は、そのおっさんを忘れることができなかった。

いい年したおっさんが、いくら客とはいえ、中学生のひと言に涙し、なんの躊躇《ちゅうちょ》もなく頭を下げるその姿は、征児にとって衝撃《しょうげき》だった。

それまで、おっさんといえば、課長とか部長とかの肩書《かたがき》を持ち、えらそうにしているというイメージしかなかった。そして、そこから落ちこぼれると、あのおっさんみたいに、いい年してみじめな思いをしなければならないのだと、恐《おそ》れるばかりだった。

そして征児は、どっちもイヤだった。

大人になるなんて、まっぴらごめんだと思っていた。

だから将来のことなんて本気で考えないようにしてきた。

だけど、あのときのおっさんの姿は、ちっとも痛々しくなかったし、かなしくもなかったし、気の毒でもなかった。

むしろ、スゲーと思った。

おっさんでも、あんな年になっても、中学生を前に思わず泣きだしてしまうほど、純《じゅん》粋《すい》で、一生懸命《いっしょうけんめい》になれるのだ。

おっさんになるのも、あんなふうなら悪くない。

うん、悪くない。

それで征児は、迷わず、回答欄《かいとうらん》に書いた。

A　えらそうじゃない大人。

そう、へんに自信満々で、えらそうな大人にはなりたくない。

なにかに一生懸命《いっしょうけんめい》で、なりふりかまわず前に進んでいく、まっすぐなひとでいたい。

そんな大人になりたい。

征児は最後の質問を終えて、シャーペンを置いた。

よし、これで終わりだ。

あとは、これをポストに投函《とうかん》すれば、図書カードが届くわけだな……っと……。

そこで、ふと、そのハガキの最初の数行に書いてある文字が目に入った。

えっ？　抽選《ちゅうせん》……で、二十名……？

「はあ？　なんだよ。聞いてないよぉ」

思わずでかい声が出た。

「当たるわけないっつーの」

ダメだ……。そんで、疲《つか》れた……。

さんざん試合で身体《からだ》を使ったうえに、頭まで酷使《こくし》したせいか、急激に睡魔《すいま》に襲《おそ》われる。

とりあえず、寝《ね》るわ、オレ……。

征児は勉強机から離《はな》れると、ベッドに転がった。

そしてそれ以上なにか考える暇《ひま》もなく、あっという間に、深い眠《ねむ》りに落ちていったのだった。

## Q3 不登校明けの青い空

高本雅恵《たかもとまさえ》

「とりあえず、このアンケート記入しながら待っててくれる？」

学校に週に二度来るという心理カウンセラーの夏目《なつめ》先生は、高本雅恵《たかもとまさえ》を保健室に案内すると、部屋の真ん中にある大きなテーブルの前に座《すわ》らせた。

「答えたくないことは、答えなくていいからね。無理しなくて、大丈夫《だいじょうぶ》よ」

先生は雅恵にそう言ってプリントを渡《わた》すと、用事をすませてくるからと、職員室に戻《もど》っていった。

雅恵はひとりにされて心細い気持ちになったけれど、気を紛《まぎ》らわせるためにも、さっそく、渡されたアンケートに取りかかった。

Q1 学校に来たくなかった理由を教えてください。

雅恵が不登校になったのは、一年の終わりだった。

そして今は、三年生の夏休み中。じつに、一年半近くも学校に来ていないことになる。

朝、久しぶりに学校の制服を着た雅恵にお母さんが心配そうに言った。

「本当にいっしょに行かなくていいの？」

「大丈夫《だいじょうぶ》」

雅恵は、靴《くつ》を履《は》きながら、お母さんのほうを向かずに答えた。

「つらくなったらすぐに先生に言いなさい。お母さん、すぐに迎《むか》えに行ってあげるから」

「うん、わかった。いってきます」

そうして、そのまままっすぐに学校に向かった。

お母さんが玄関《げんかん》のドアを開けたまま、いつまでも見送ってくれているのはわかっていたけど、あえて振《ふ》りむかなかった。

だって、振りむいて心配そうなお母さんの顔を見たら、不安が増してしまうと思ったから。せっかくの勇気がしぼんでしまうかもしれないと思ったから。

誰《だれ》かに会ったらどうしようと思いながら歩いた学校までの道のりは、結局誰にも会わずに終わった。

校舎に入って、職員室に向かうときもまた、誰にも会わなかった。

夏休み中とはいえ、一、二年生は部活があるし、三年生の補習クラスもある。

まるでみんなに避《さ》けられているみたいだと思って、ふとそんな自分をおかしいと感じる。

べつに誰かにいじめられたとか、嫌《きら》われていたとかで学校に来なくなったわけじゃないくせに……。

雅恵が不登校になった理由。

それは、一年の秋から始めたダイエットがきっかけだった。

身長百六十センチ、体重八十八キロ。

雅恵は小さいときから、ぽっちゃりした女の子だった。瘦《や》せていたときなんてなかった。ずっと、デブだった。

だけど、それを特別イヤだと思ったことはなかった。

それなのに、急にダイエットを始めたのは、陸上部の若林《わかばやし》武《たけし》を好きになってしまったからだ。

雅恵が、短距離《たんきょり》の速さを評価されて、陸上部の大会にいっしょに出てほしいと頼《たの》まれたのは一年の秋のことだ。

まだ、ダイエットなど考えもしなかったころ。

走るのは嫌《きら》いじゃなかったし、所属していたバスケットボール部の先輩《せんぱい》にも助けてあげてほしいと頼まれて、雅恵は快く大会に出ることを決めた。

一週間前から練習に参加して、選手として走ったリレー競技は、五位という結果に終わった。

だけどその結果は陸上部として過去最高の成績だったらしく、部員のみんなに感謝されて、雅恵はホッとした。

「その体型でこれだけ速く走れるって、奇跡《きせき》だよな。スゲー、感動したよ」

このとき、そう言ってほめてくれたのが、同じ一年の若林武だったのだ。

そう、雅恵はべつに、若林に太ってることを、笑われたわけでも、デブは嫌いと言われたわけでもないのだ。

むしろ太ってるのにスゲーとほめられたのだ。

それは、ふだんから言われ慣れていることで、雅恵にとって特別なことじゃなかった。

太っているけど、明るくてさっぱりした性格。太っているのに、足が速い。太っているけど、頭がいい。

むしろ、なにをしても過大に評価されるので、お得だと思ってきた。

だけど若林はそのあと、そばにいた同じ一年の波多野《はたの》さんを見て言ったのだ。

「それに比べて、おまえもオレも体型は陸上向きなのに、才能がないよな」

「あんたといっしょにしないでよ」

ムッとしてそう答えた波多野さんは、その日一日、陸上部員ではない雅恵の世話役をしてくれていた子だった。

「だって、ふだんから走りこんでるオレたちより、バスケ部の高本さんのほうが結果出してるんだぜ。才能ないっしょ」

「それはそうだけど、あんたといっしょにされたくない。私はこれから伸《の》びるし」

「へー、自信満々だな」

「私はまじめに練習に参加してるって言ってるだけ。練習サボりまくってるあんたといっしょにしないで」

「オレ、走るの嫌《きら》いなんだよ」

「じゃあ、なんで陸上部にいるのよ」

「いやあ、才能あるかなって思って」

「ないから、やめな。今すぐやめな」

このとき雅恵は、そんなふたりのやりとりを、くすくす笑いながら眺《なが》めていた。

だけど同時に、なぜかかなしい気持ちになっている自分に気づいて、とまどってもいた。

そしてそのあと、ふたりがいっしょに、試合の後片づけのためにテントを畳《たた》んだり、荷物を運んだりしているのを見ていて気づいた。

このふたり、すごくお似合いなのだ。

同じ陸上部のジャージに身を包んだほっそりとした身体《からだ》が、すごく絵になるふたりなのだ。

特に美男美女というわけじゃない。

着ているものも、ジャージだ。

なのに、ふたりともシュッとしていて、並んだシルエットがすごくさまになるのだ。

そう気づいたとたん、雅恵はなぜか胸がつぶれそうに痛んだ。すごく苦しい気持ちになった。

そして、もっさりと太っている自分の身体を、生まれて初めてイヤだと思った。

私も波多野さんみたいに、ほっそりとした身体になりたい。そして、若林武と《お似合いなふたり》になりたい。

それは、雅恵にとって、初めての恋《こい》だった。

雅恵はそれまで、その明るい性格を生かして、男子とも女子とも仲良くやってきた。いいなと思う男子とも、たいてい友達として仲良くなれて、それで満足だった。

だけど、若林武に関しては、そうは思えなかった。

友達じゃイヤ。仲良くなるだけじゃイヤ。いっしょにいて《お似合いなふたり》になりたい。彼《かれ》の隣《となり》にいるのに、ふさわしい女の子になりたい。

それで雅恵は、ひそかにダイエットを始めたのだ。

バスケットボール部に所属していたので、運動は十分にしていた。

だから、痩《や》せるには《食べない》という選択《せんたく》しかないと思った。

それからというもの、朝は、サラダだけ。昼食は友達の目もあって、お弁当を半分だけ食べた。夕食もおかずをちょっとだけ。おなかがすいても、あとは水しか飲まない。

すると、体重はおもしろいように落ちた。

なのにそれも、七十五キロくらいで、ピタリと止まってしまった。十分に減ったといえる数字だったけれど、雅恵は不満だった。

だって鏡を見ても、一回り小さくなった程度で、デブのままなのだ。

こんなんじゃ、全然若林武にふさわしくない。

だけど、同じように続けていても、体重はそれ以上減らなくなっていた。

それで朝のサラダもやめて、お昼のお弁当も食べたぶんは、トイレで吐《は》くようになってしまった。

そして、あるとき、朝、ベッドから起きて、立ちあがったところでふらついて、そのあとは気がつくと、病院のベッドに寝《ね》ていた。

原因は栄養不足による貧血《ひんけつ》で、入院そのものは一週間くらいですんだし、そのあときちんと食事もするようになって、体調は戻《もど》った。

だけど何か月もかけて減らした体重も、もとに戻ってしまった。

そうして、雅恵は学校に行かなくなってしまった。

若林武にふさわしい女の子になれないと思ったら、とても学校に行く気になれなくなってしまったのだ。

まったく、不登校の理由が、「恋《こい》」だなんて、聞いたことがない。

そんなこと言ったら、ほとんどの生徒が、不登校だ。

片思いで苦しいとか、失恋《しつれん》したとか、彼氏《かれし》を隣《となり》のクラスの女子に略奪《りゃくだつ》されたなんていう子もいるらしいのに、それでもみんな学校に来ている。

あたりまえに、その試練を乗《の》り越《こ》えている。

なんでもできる自分に自信があっただけに、みんなにはできることが、自分にはできないという事実が、雅恵をことさらおじけづかせた。

だけど、アンケートに不登校の理由が「恋《こい》」だなんて書けるはずもなく、雅恵は回答欄《かいとうらん》にはこう記入した。

A　ダイエットに失敗して、つらかったから。

ウソではない。

そのとおり、本当のことだ。

だけど、どうして急にダイエットしたくなったのか、夏目先生につっこまれたらなんて言おう……。

きっとまずは、いじめを疑われる。

太っていることを誰《だれ》かにからかわれたんじゃないかって……。

だけど、若林と《お似合いなふたり》になれないからなんて、絶対に言えない。それが、不登校の原因だなんて……。

ふいにチャイムが鳴って、雅恵はドキリとした。

補習が始まる合図のチャイムだろうか。

学校は夏休み中だけど、三年生は希望者のみ補習を受けている。

雅恵は今日、この補習をいっしょに受けるところから学校生活を再開させるために、学校に来たのだ。

緊張《きんちょう》で胸の鼓動《こどう》が少しだけ速くなる。

気持ちを落ち着かせるために大きく息を吐《は》くと、雅恵は次の質問に向かった。

**Q2** 両親との関係でなにか悩《なや》み事《ごと》はありますか?

「お母さんが小さいときから、太らないように気をつけてくれればこんなことにはならなかったんだからね!」

雅恵はダイエットしているとき、栄養不足になるからちゃんと食べなさいと心配するお母さんを制して、食事をほとんどとらないという無理なダイエットを続けた。

「自分は食べても太らないからって、その感覚で小さいときから私にたくさん食べさせてきたから、こういうことになったんじゃないのよ!」

お母さんは昔からスリムな体型で、ダイエットなどしたことないというひとだった。

「お父さんのぽっちゃりした身体《からだ》がかわいくて結婚《けっこん》したなんていうけど、子どもが生まれたら遺伝するかもしれないってどうして心配しなかったのよ！」

そうして、お母さんが太っているお父さんと結婚したからいけないのだと、責め続けた。

そのせいか、お母さんは退院しても、学校に行こうとしない雅恵に無理強《むりじ》いはしなかったし、それ以来毎日、カロリー計算された食事を作ってくれている。

その食事と、部屋の中でできる運動を続けたおかげで、雅恵は、学校を休んでいたこの一年半で十キロのダイエットに成功した。

とはいえ、それでもまだ十分に太っているし、雅恵の理想とする波多野さんみたいなほっそりとした身体には程遠《ほどとお》いままだ。

「雅恵は今のままでも、十分にかわいいと思うけどなあ」

お父さんはそう言うけれど、雅恵は知っていた。

小学生のころ、雅恵はお父さんにどうしてお母さんと結婚したのか、きいたことがあったのだ。

「えーっ、お母さんかわいかったんだよぉ。今だってかわいいけど、昔はもっとこう、アイドルみたいにかわいかったんだぞー」

そのときは、顔を真っ赤にしてそう答えるお父さんがかわいくて、聞いてるこっちまで恥《は》ずかしいやらくすぐったいやらで、とても幸せな気持ちになった。

だけど、今はとてもそんなふうには思えない。

「私がかわいいわけないでしょ？　ほっそりしてるお母さんが好きで結婚《けっこん》したくせに、お母さんが太ってたら、結婚しなかったくせに」

「するよー、そんなの関係ないよー。お母さんは太ったって、かわいいし、雅恵だってかわいいよぉ」

「そんなわけないでしょ？　全然説得力ないから」

雅恵は、太っている自分の身体《からだ》をイヤだと思うようになって以来、両親のこともまたイヤだと思うようになっていた。

ふたりがリビングで楽しそうにおしゃべりしていたりすると、ことさらムカつくようになってしまった。

それまでは、ふたりのことが大好きだった。仲のいいふたりが自慢《じまん》だった。

「えーっ、うちなんて、いっつもケンカばっかりしてるよぉ」

あれは六年生のときだ。

親がケンカをしているのを見たことがないと言うと、同じクラスの浅川麻衣子《あさかわまいこ》はそう言って驚《おどろ》いていた。

「ケンカしない日なんてないくらいだよ。お母さんなんて、お父さんのお尻《しり》に足蹴《あしげ》りするんだよ。私はやられたことないけど、あれ、絶対すごい痛いと思う」

彼女《かのじょ》の家は、商店街で青果店をしていて、雅恵も小さいころからお母さんとよく野菜や果物をいっしょに買いにいっていた。

「それって、見ていてイヤな気持ちにならない？」

雅恵がきくと、麻衣子は首をかしげて言った。

「うーん、もう、慣れっこだからさー。あー、またやってるなーって感じよ」

雅恵はそのとき、ケンカを見慣れるなんてあるのかなと思った。

そして、そんな話を聞いたすぐあとだった。

夕方、お母さんに頼《たの》まれて、ひとりで麻衣子のお店にトマトを買いに行ったときのことだ。

「雅恵ちゃんのお母さんは、いつもきれいでいいねー。うちの母ちゃんと大違《おおちが》いだねー」

おじさんが雅恵に話しかけたその言葉が火種だった。

「はあ？　なんか聞こえたわよー」

すると、店先で掃除《そうじ》をしていたおばさんが、おじさんをにらみつけて言った。

「おっ、聞こえたのか？　つまり、うちの母ちゃんは世界で一番だって言ってたところだよ、なあ、雅恵ちゃん」

「ふうん、じゃあ、どこが世界一かほめてもらおうかしら」

そしておばさんが怒《おこ》った顔でおじさんににじり寄る姿を見て、雅恵はドキドキした。

「うーん、そのむくんだ顔と、ぷよぷよのおなかと、短い腕《うで》と足かな？」

「ふうん、たしかに、世界一だわね。ほめてくれてあーりーがーとーねーっとぉ」

そこで、おばさんのみごとな足蹴《あしげ》りが、おじさんのお尻《しり》にヒット。

「イテーッ、てめえなにすんだぁ。ひでえなあ。雅恵ちゃん、ああいう女に絶対になっちゃダメだからな」

「雅恵ちゃん、こういう口の悪い男といっしょになっちゃダメよ。ちゃんと雅恵ちゃんのお父さんみたいに、優《やさ》しいひとといっしょになるんだよ」

雅恵はなんて返事をしていいかわからず、あいまいにうなずくしかなかった。

あのとき雅恵は、本当にヒヤヒヤした。

麻衣子は見慣れてるから気にならないっていうけど、自分が同じ立場なら、とてもそんな心境になれないだろうと思った。

このふたりが自分の両親じゃなくて良かったと、しみじみ思った。

だけど、今ならわかるのだ。

麻衣子の両親のあれは、ケンカというより、お笑いコンビのやりとりみたいなものにすぎない。

つまり「ケンカするほど仲がいい」にあてはまるたぐいのものだ。お互《たが》いのことが嫌《きら》いで、憎《にく》まれ口《ぐち》をたたいているわけじゃない、むしろ、その逆。

そして……。

あの陸上大会のときの若林武と、波多野さんのやりとりもまた、そうなのだ。

波多野さんはともかく、若林は一生懸命《いっしょうけんめい》にケンカをふっかけていたけれど、あれは……若林が波多野さんを好きだからだ。

あのときの若林は、波多野さんを非難するようなことを言いながら、すごく楽しそうだった。とっても、嬉《うれ》しそうだった。

そんな若林の気持ちが透《す》けて見えるやりとりだったから、雅恵はあのときかなしくなったのだ。

胸が苦しくなったのだ。

きっと、この気持ちを誰《だれ》かに相談したら、こう言われるだろう。

もし、若林が波多野さんを好きだとしても、べつに痩《や》せてるとか関係ないんじゃない？

ダイエットして痩せたからって、若林武とつきあえるわけじゃないじゃん？

もしかして、若林、太ってる子が好きかもよ。

そんなのわかっている。

痩せたから、若林に好きになってもらえるなんて、思っていない。

雅恵が気にしているのは、自分が若林武にふさわしいかどうかなのだ。

いっしょにいて、お似合いなふたりになれるかどうか、なのだ。

自分でも、バカみたいだって思う。

ダイエットしたからって、つきあえるわけじゃないのに、痩せて、なんかいいことあるの？

誰《だれ》かにそう問いつめられても、なにも答えられない。

だけど、たとえば若林武と波多野さんがつきあえば、お似合いのカップルだとみんなが納得《なっとく》するだろう。

反対に、太った雅恵とスタイルのいい若林武がつきあってると周囲が知ったら、お似合いと言われるどころか、きっと笑いのネタにされる。

そして、笑われるのは太っている自分じゃない。

若林武のほうだ。

あんなデブのどこがいいんだろう。

若林って女の趣味《しゅみ》わりー。

若林がぽっちゃり好きだったとはなあ。

そんなふうに、おもしろおかしく言われてしまうだろう。

だから雅恵は、せつないのだ。

痩《や》せたいのだ。

大好きなひとが、自分のせいで笑いものにされるなんて、自分が笑われるより百倍つらい。

いっそ、自分が男だったらいいのにと思う。

男なら、太っていても、わりと許される。

「お父さんは優《やさ》しいし、お母さんはかわいらしいし、雅恵ちゃんのお父さんとお母さんはステキなご夫婦《ふうふ》よねー」

前に、うちに遊びに来た、いとこのお嫁《よめ》さんに、そう言われたことがある。

男なら太っていても、優しいってことくらいでカバーできてしまうのだ。

だけど、女は違《ちが》う。

どんなに優《やさ》しくても、頭が良くても、運動ができても、よっぽど近しいひとでなければ、すべては見た目で判断されてしまう。

だからかわいらしいお母さんをズルいと思うし、優しいってだけでデブが許されるお父さんをズルいと思うし、そんな誰《だれ》からも笑われない夫婦《ふうふ》でいられる両親のそばにいると、ムカつくのだ。

こんなのただの八つ当たりだってわかってる。

本当はうんと感謝しなきゃいけないってこともわかってる。

だけど、今はどうしても、無理。

自分がそうなれない悔《くや》しさで、どうしても素直《すなお》になれない。

雅恵はせめて先生には本当のことを知ってもらいたくて、回答欄《かいとうらん》にはこう書いた。

A　本当は大好きだし、感謝しているけれど、親にその気持ちを素直に言えないのが悩《なや》みです。

雅恵はふうと息を吐《は》いて、顔を上げた。

今、学校で行われている補習には、三年生の半分くらいのひとが参加していると聞いている。

みんな私が行ったら、どんな顔をするのだろう。

正直、もう、帰りたい。

家に帰って、永遠に引きこもっていたい。

太っているうえに、不登校だった過去をひっさげて、いったいどんな学校生活を送ればいいというのだろう。

だけど……。

やっと、学校に行こうという気持ちになって、ここまで来たのだ。

今帰ったら、もう二度と家を出られなくなる。

雅恵は自分を落ち着かせるために、小さな深呼吸を繰《く》り返《かえ》して、次の質問にうつった。

Q3 友達関係で、なにか不安や悩《なや》みはありますか?

友達……。

たぶん、この不登校で、いちばん失ったのは友達だ。

雅恵は小さいときから、たくさんの友達にかこまれて楽しくやってきた。

今まで一度もいじめられたことがないし、どちらかというとみんなに好かれてきたほうだ。

入院したときも、じつにたくさんのお見舞《みま》いメールや手紙をもらった。

学校に行けなくなってからも、たくさんのお誘《さそ》いのメールや色紙が届いた。

雅恵はあらためて自分はみんなに好かれていたんだなあと実感したけれど、返事を書こうとか、学校に行こうという気にはなれなかった。

するとやがて、そういうメールも減ってきて、手紙も届かなくなって、半年後にはほとんど誰《だれ》からも連絡《れんらく》が来なくなった。

雅恵は当然だと思った。

返事のないメールや手紙を書き続けるなんて、自分だったらやらない。

それなのに、バスケ部でいっしょだった片瀬詩織《かたせしおり》からは、今でも変わらずメールが届いていた。

それまで雅恵にとって、詩織は単なる部活仲間で、特別仲良くしている子ではなかった。

正直、最初は、チャラチャラした女の子だなと思った。

入部の理由が、男子バスケ部に憧《あこが》れの先輩《せんぱい》がいるからというのも、なんだかなーと思った。

だけど練習にはまじめに出てくるし、部員や先輩《せんぱい》たちともうまくやっているし、その憧《あこが》れの先輩にも猛烈《もうれつ》アタックして一度だけデートしてもらえたようで、やるなーと思って見ていた。

それでも、あくまで同じ部活のチームメイトであって、特に親しい関係にはならなかった。

それなのに、いまだに詩織からのメールは、とぎれないのだ。

しかもそのメールは、学校においでよという誘《さそ》いではなく、彼女《かのじょ》の日常生活の報告という感じだった。

いちおう「雅恵、元気？」で始まるのだけど、あとは、合唱コンクールの練習をしているとか、今日はバスケ部の練習試合だったとか、友達と渋谷《しぶや》に買い物にいってきたとか、まるで、自分のために書いている日記みたいなのだ。

どうして学校に来ないの？　とか、家に引きこもって毎日なにしてるの？　という雅恵に対する質問もしてこない。

ただひたすら、二年生になって担任が土屋《つちや》のおばさんになってサイアクとか、テスト結果が悪くて親に怒《おこ》られたからこれからポテチ一気食いするとか、新一年生の肌《はだ》がピチピチで、三年の私の肌と全然違《ちが》ってショックとか、自分の日常を報告してくるという感じなのだ。

雅恵はなんのために、こんなメールを送ってくるんだろうと不思議に思いながら、やっぱり返信する気にはなれなかった。

だけどおかげで、雅恵は学校の様子や、みんながどんなふうに生活をしているのかが感じられて、次第《しだい》に詩織からのメールが楽しみになっていた。

そしてあるとき、こんなメールが届いた。

「同じクラスの佐藤敦《さとうあつし》って、お笑い芸人になるのが夢なんだって。だけどそいつ、お笑い芸人用のキャラを必死で作ってる感じで、逆になんかひくんだよねー。笑えないんだよねー」

雅恵はそれを読んだとき、思いだした。

あれは、部活終わりに更衣室《こういしつ》で着替《きが》えているときだった。

「雅恵って、ダイエットしないの?」

詩織になにげなくそうきかれたことがあったのだ。

「うん、食べるの好きだし、自分のキャラにも合ってるから、まあいいやって感じ?」

よくきかれることなので、雅恵はいつものように答えた。

すると詩織は驚《おどろ》いた顔をして言った。

「なるほどー。でも、自分のキャラがわかってるなんて、すごいね」

そしてこう続けていた。

「私なんて、こんなひとになりたいっていう理想ばっかりで、自分のキャラなんてわかんないや」

あのときは聞き流していたけど、久しぶりにそのやりとりを思いだして、雅恵は心にひっかかるものを感じた。

自分のキャラ。

あのとき、雅恵は素直《すなお》な自分の気持ちを話した。

実際そのときは、ダイエットが必要だと思ったことはなかったし、痩《や》せたいと思うこともなかった。

太っているのに明るい、太っているけど、頭もいいし運動もできると、逆に評価されてお得だと思っていた。

だけど、今は思うのだ。

実は、みんなに受けいれてもらうために、そういう明るいキャラを作っていただけなんじゃないかなって……。

太っていることを気にしないキャラを、無理して作っていただけなんじゃないかなって……。

そして……。

あのとき、自分のキャラがわからないと言っていた詩織は、そんな雅恵のキャラを疑っていたのかもしれないと思うのだ。

本当は太っているのを気にしているんじゃないの？

太ってることで、からかわれたり、いじめられたりしないように、明るく元気良く振《ふ》るまっているだけじゃないの？　って……。

そして実際、雅恵は恋《こい》をしたとたん、この太った身体《からだ》を受けいれられなくなった。

ダイエットに失敗して、学校に行けなくなってしまった。

みんなに励《はげ》ましのメールや手紙をもらっても返事すらできなかった。

だって、どんなキャラで、返事をすればいいかわからなかったから……。

明るく元気な感じで返事をしたほうがいいのか、ダイエットに失敗していじけている感じで返事をすればいいのか、まるでわからなくなってしまったから……。

そして返事を書かなくても、メールを送り続けてくれている詩織は、そんな雅恵の気持ちをわかってくれるような気がするのだ。

許してくれている気がするのだ。

本当のところはわからないけれど、そう考えるようになって、雅恵は詩織に会いたいと思うようになった。

そして、つい先日のメールで、詩織が学校の補習に参加すると知り、戻《もど》るなら今だと思った。

三年になってから受験の心配もあって、雅恵は、学校に戻りたいと思うようになっていた。

だけど、ずっとその勇気を持てなかった。

夏休みの補習からなら、新学期に戻るよりも、多少は気が楽だ。そして、同じクラスに、詩織がいるのもわかっている。

みんなはきっとはれものに触《さわ》るように自分に接してくるだろう。

だけどそんななか、詩織だけは違《ちが》う気がするのだ。

あのメールのように、ふつうに接してくれる気がするのだ。

もちろん、実際、どうなるかわからない。

本当は、今すぐ逃《に》げ帰《かえ》りたい。

雅恵は回答欄《かいとうらん》に、その不安な気持ちを素直《すなお》に書いた。

A　長く不登校していたので、友達とどういうふうに接すればいいかわからない。

そう、それがいちばんの心配。

だけど、逃《に》げ続《つづ》けたのでは、なにも変わらないし、もういいかげん、前に進みたいのだ。

もう、家に引きこもる生活には戻《もど》りたくないのだ。

不思議とさっきより、そう強く思っている自分に気づいて、雅恵はふと窓の外を見た。

大きな窓から、きれいな青空に真っ白な雲が浮《う》かんでいるのが見える。

広い空にのびのびとひろがって、ゆったりと流れている。

家の小さな窓から、隣《となり》の家とのすきまに見える空とは全然違《ちが》うなと思いながら、雅恵は最後の質問に向かった。

Q4　学校生活を再開するにあたり、そのほか不安なことがあれば教えてください。

それは、ずばり内申書《ないしんしょ》だ。

雅恵は学校に戻《もど》ったときに困らないよう、ずっと通信教育で勉強を続けていた。

だけど、定期試験は受けていないし、勉強以外でがんばったこととかもない。

そういうのが受験にどう影響《えいきょう》してしまうのか、とにかくそれが心配だった。

雅恵は、自分の夢をかなえるために、大学進学を考えているので、できれば進学校の松《まつ》葉高《ばこう》あたりに進めたらと考えていた。

雅恵の夢。

それはまだちっとも具体的ではない。

だけどいつのまにか、将来は《身体《からだ》》に関係する仕事につきたいと思うようになっていた。

今は子どもなので、親に食べさせてもらっているけど、大人になったら自分で働いて生活しなければならない。

どんな仕事ならできる?

なにならやりたい?

そんな自問自答を続けているうちに、自然と出てきたのが《身体》というキーワードだった。

ダイエットに失敗してからずっと、雅恵は自分の身体について考えていた。

同じ食事をしても、太ってしまうひとと、そうでないひとがいる。

生まれつき太っているひともいれば、瘦《や》せているひともいる。

親が太っていると子どもも必ず太るのか。それは必ず遺伝してしまうものなのか。

また、一般的《いっぱんてき》に、瘦せているより太っているほうが、悪いとされている。

太っていると、見た目だけじゃなく、健康にも良くないとされている。

だけど、太っていても、長生きのひともいるし、瘦せていても早死にするひともいる。

また、瘦せるために、多くのひとがダイエットをしている。雅恵のように食べないで身体《からだ》をこわしてしまうひとも多いし、飲むと瘦せるというあやしい薬があったり、脂肪《しぼう》を除去する手術なんていうのもある。

ファッションだって、瘦せていることが大前提でデザインされているものがほとんどで、太っているとかわいい服が似合わない。

でも昔、瘦せているより、太っているほうがステキという時代もあったというし、じゃあ、いつ、どんなきっかけでその価値観は変わったのだろう……。

この一年半、雅恵はひとりもんもんとそんなことばかり考えていた。

そして、こういう疑問の答えを、誰《だれ》かに教えてもらうのではなく、自分自身でつきとめたいと思うようになった。

栄養士とか、遺伝子の研究をするひととか、医者とかになれば、わかるようになるかもしれない。

もしくは、太っていても、かわいく見える服をデザインできたら、痩《や》せたいなんて思わなくなるかもしれない。

いっそ、飲むと健康的に、だけど必ず痩せられるという薬を開発すれば、ダイエットで苦しむひとは世の中からいなくなるだろう。

でも、なにかの拍子《ひょうし》に、この先、太ってるほうがステキという価値観に変わるかもしれない。それはどんなきっかけで変わるのだろう……。

雅恵は早く大人になって、こういう疑問や不思議と真正面から向きあうような仕事につきたいと思うようになった。

なにより、そういうふうに《身体《からだ》》と徹底的《てっていてき》に向きあうことでしか、太っている自分の身体をイヤだと思う気持ちから、解放されないような気がするのだ。

そしてそういう大人になるための第一歩として、高校に進学したいと思うようになり、それには学校に戻《もど》らなければと思うようになった。

遠い未来を見ることで、雅恵はようやく立ちあがろうと思うようになった。

その夢は今、学校に戻るという試練をなんとしても乗り越《のこ》えるのだという強い意志を、雅恵に授《さず》けてくれている。
雅恵は大きく息を吐《は》くと、回答欄《かいとうらん》にこう記入した。

A 高校に行きたいので、内申書《ないしんしょ》が心配です。これからは絶対にちゃんと学校に来るので、受験に失敗しない方法をいっしょに考えてほしいです。

雅恵は顔を上げて窓の外を見た。
大きな窓から、きれいな青空に真っ白な雲が浮《う》かんでいるのが見える。
さっき見たときと同じような空だけど、雲の形がほんの少し違《ちが》っている。
私も少しずつ、変わっていこう。
ゆるやかでいいから、変えていこう。
雅恵はしっかりと顔を上げて、その広々とした青空を見つめた。
背筋を伸《の》ばして、いつまでも眺《なが》め続《つづ》けた。

## Q4

# 自分らしくいられる場所を求めて

波多野由里《はたのゆり》

家の前から駅までバスで十分。駅から私鉄に乗ってふたつ目の駅で降りて、そこからさらにまたバスで十分。

乗《の》り換《か》えの時間を考えると、新しい塾《じゅく》に行くには、始業時間の一時間前には、家を出なければならない。

個人経営のその塾は、駅から離《はな》れているし、住宅街の中にあるコンビニの二階部分でひっそりと運営されている感じで、生徒数も少ない。

大丈夫《だいじょうぶ》。

波多野由里《はたのゆり》は、祈《いの》るようにそう思いながら、新しいその塾のドアを開けた。

「あなたの席はここね」

塾長《じゅくちょう》のおばさん先生は、教室に由里を案内すると言った。

初日から遅刻《ちこく》するわけにいかないと、早めに家を出たうえに、バスも電車もタイミング良く乗れたせいで、申しこみに来たときよりもかなり早く塾に到着《とうちゃく》してしまった。

「始まるまで時間あるし、あなたのこと知りたいから、このアンケートに答えてくれる？」

由里は渡《わた》されたアンケート用紙を受けとると、指定されたその席に座《すわ》った。

教室にはまだ誰《だれ》もいないのに、部屋は暖房《だんぼう》で温められていて、暑いくらいだ。

大丈夫《だいじょうぶ》。

由里は、もう一度心の中でつぶやいた。

だって申しこみのときに確認《かくにん》したら、ひとりもいないと言っていたし。

だから、今度こそ、今度こそ、もう塾を替《か》えなくてすむだろう。

中学入学以来、由里にとって、これが三つ目の塾になる。

今までの塾の授業内容や先生に不満があったわけじゃない。どっちの塾も先生はおもしろかったし、駅の近くにあって、通うのも便利だった。

それでも、やめることにしたその理由は……。

## Q1 たくさんある塾《じゅく》から、この塾を選んだ理由を教えてください。

それはずばり、同じ中学の子がいないからだ。

それで、わざわざこんな遠くの塾に決めたのだ。

中学入学と同時に入った最初の塾には、小学校のときクラスメイトだった新山聡美《にいやまさとみ》といっしょに入った。

あれは卒業式当日のことだ。

中学受験に失敗して、しかたなく公立中学に進むことになった聡美は、すぐさま目標を切りかえて今度こそがんばるのだと息巻いていた。

一方由里は、中学はもともと公立に進むつもりで、受験どころか塾にさえ行ったことがなかった。

だけど、高校は受験しなければ、どこにも入れてもらえない。どうせ行くなら、好きなところに行きたい。

世の中にどれくらいたくさんの高校があるのか知らないけれど、由里が知ってる高校でよさそうなのが、県立の松葉高校《まつばこうこう》だった。

進学校だし、このあたりであそこに通っていると「すごい」と言われるし、制服もなく、自由な校風というのも魅力《みりょく》だった。

「高校受験は絶対にがんばって、松葉高校に行こうと思う。行きたかった中高一貫校《いっかんこう》より、松葉のほうがレベルも高いしね」

聡美が、卒業式にクラスメイトにそう言っているのを聞いて、由里はドキリとした。

「新しい塾《じゅく》も春期講習から申しこんであるんだ。今度こそ、失敗したくないしさ」

松葉高校に行くには、今からがんばらないといけないの？　まだ中学にも入っていないのに？

由里は聡美の言葉に、焦《あせ》る気持ちを抑《おさ》えられなかった。

そして、卒業式が終わるとすぐに、自分も高校は松葉に行きたい、だから、どこの塾に行くのか教えてほしいと聡美にきいたのがきっかけだった。

それまで由里と聡美は、同じクラスでも仲よしグループが違《ちが》ったし、あまり話したことがなかった。

だけどそれをきっかけにふたりはすぐに意気投合して、由里も春期講習から同じ塾に通うことになった。

「この塾でがんばって成績上げて、松葉高校に行こうね」

「うん、いっしょにがんばろうね」

それはうきうきするような、楽しい塾生活《じゅくせいかつ》の始まりだった。

目標のためにいっしょにがんばれる仲間がいるっていうのはいいなあと、由里の心は希望に満ちあふれていた。

だけど中学に入学すると、聡美と由里は学校では別々のクラスになってしまった。

それでも週に三日通う塾では、相変わらず同じクラスだったし、お互《たが》いにがっかりすることもなかった。

それなのに、夏休みが始まるころだった。

聡美はそのころ、学校では、同じクラスの真野静香《まのしずか》と仲良くなっていた。

そして聡美が誘《さそ》って真野静香もまた同じ塾に通いだすと、塾での休み時間も、ふたりきりで仲良くするようになっていた。

由里が話しかければ、挨拶《あいさつ》はしてくれる。

だけどそのあと、ふたりだけにしかわからない話で盛りあがっていて、由里なんていないみたいに振《ふ》るまうのだ。

由里はとたんに、塾に行くのがゆううつになってしまった。塾にいるあいだ、ずっと居《い》心地《ごこち》が悪くて、授業にも集中できない。

やがて由里は、ひっそりとその塾《じゅく》をやめた。

いっしょにがんばろうという、あの約束はいったいなんだったのだろう、と由里は今でも悔《くや》しく思いだす。

あれじゃあ、受験のためというより、放課後も友達といっしょに過ごすための塾通いでしかないじゃないか。目的が違《ちが》うじゃないか。

松葉高校に行きたい気持ちが、みじんも薄《うす》れない由里からしたら、それが不思議でしかたなかった。

由里はすぐにほかの塾を探して、そこでがんばることにした。

次に入った塾は、人数の多い大規模な塾だった。

入ったクラスには、同じ中学の子が五人もいて、すぐに仲間に入れてもらえた。

だけど、その子たちは塾の帰りにコンビニで買い食いしたり、ゲームセンターに行こうと誘《さそ》ってくるような、まじめに勉強する気などさらさらない子たちの集まりだった。

「塾に通うほうが、家にいるより楽しいしね」

「っていうか、むしろ遅《おそ》い時間にこのあたりうろうろしてる言い訳になるしねー」

「授業だってこっちのほうがおもしろいし、あたし学校いかないで、塾だけでいいわー」

「言えてるーっ」

席が決まってないから座《すわ》る席もいっしょで、授業中もこそこそおしゃべりしたり、休み時間のたびにお菓子《かし》を食べながらふざけたり……。

由里は、初日にしてすでに、これは失敗だと思った。

それでもすぐにやめるのもへんな気がして、しばらくはがんばってその子たちにつきあった。

塾《じゅく》の帰りに本屋さんでファッション雑誌を立ち読みしたり、コンビニで買い食いしたり、ゲームセンターで遊んだりもした。

帰りも遅《おそ》くなるし、もし補導されたらと思うと気が気じゃないし、だけどそんなことを言いだせる雰囲気《ふんいき》もなくて、もうイヤだと思っていたところ、ひとりが言いだした。

「ねえねえ、今度、塾サボって、みんなでどっか行かない？」

「いいねえ。私、ライブハウスとか行ってみたいなあ」

塾をサボる？

由里はさすがにこれはもうつきあえないと思った。

そして彼女《かのじょ》たちから円満に離《はな》れるため、塾をやめた。

「ねー、塾、やめちゃったのー？　これからもいっしょに遊びたかったのにー」

あとでそのなかのひとりに、そう言われたけど、特に責められることもなかった。

きっと、メンバーなんて、誰《だれ》でもいいのだろう。ただみんなで、夜に遊びたいだけ。

そうして由里は、もう塾《じゅく》に行くのはあきらめようと、思った。

離《はな》れていく友達を目の当《ま》たり《あ》にしてかなしい気持ちになったり、同じ塾に通っているというだけで夜遊びにつきあわされるなんて、もううんざり。

由里は、塾では勉強だけに集中したかった。それ以外の我慢《がまん》はしたくなかった。

もちろん、学校は別だ。

学校は勉強するためだけの場所じゃないというのはわかっているので、クラスメイトや部活仲間とうまくやるよう努力している。

だけど、それを塾でやるのはイヤなのだ。

このふたつの塾に通って、由里はしみじみとそう思った。

だったらあとはもうひとりでやるしかないと、由里はその後、新しく通信教育に入会して、その教材にまじめに取りくむことにした。

通信教育は、ひとりで教材に取りくむだけなので、誰にもじゃまされない。

そしてそれをコツコツとまじめに続けてきたおかげで、三年生になってすぐに受けた模《も》擬《ぎ》試《し》験《けん》で、松葉高校は合格圏内《ごうかくけんない》に入っていた。

だけど、そのあと何度か受けた模擬試験の成績が、由里を不安にさせた。

総合点はいいのだけど、各教科の偏差値《へんさち》がどうしても安定しないのだ。

前回より国語の偏差値は上がっているのに、数学は下がっていたり、英語はいいのに、理科は悪いとか……。

その差はわずかではあるのだけど、なんとかしたかった。

だって本番の試験で、すべての教科で低めの点数しか取れなかったら、合格できないかもしれない。

季節はすでに秋。

本番まで、あと四か月。

由里は、やっぱり誰《だれ》かに直接指導してほしいと思った。

どこがわかっていないのか、きっちりとサポートしてもらいたい、と……。

それにはやっぱり、塾《じゅく》……?

だけど、塾に行けば、また人間関係で気をもまなければならない。

そこで考えたのが、同じ中学の子がいない塾だった。

同じ中学の子がいなければ、へんに人間関係に気をつかう必要はない。

もし誰かと仲良くなっても、今度は、イヤなことは「イヤ」と言う。

それで、嫌《きら》われたところで、中学が違《ちが》えば学校生活には影響《えいきょう》はない。

由里は、今度こそ、我慢《がまん》をしなくてもいい生活がここにあるはずと信じている。

アンケート用紙を前に、由里はそんな決意でこの塾《じゅく》に通うことにした自分の気持ちを、再確認《さいかくにん》した。

今度こそ、今度こそ、勉強だけに集中する。

ここでは、絶対に誰《だれ》かに合わせたりしない。

絶対に。

だけど、そんな理由でこの塾を選んだとは書きたくなくて、由里は回答欄《かいとうらん》にはこう記入した。

A　小規模で丁寧《ていねい》に見てもらえそうだから。

由里は、持ってきた水筒《すいとう》をカバンから取りだして、温かい麦茶を一口飲んだ。

教室は相変わらずからっぽだ。

へんに早くから集まって、教室で騒《さわ》いだり、おしゃべりしたりする子がいないのは、いい。

勉強だけが目的で通ってきている証拠《しょうこ》だ。

大丈夫《だいじょうぶ》。

きっとここは、私に合っている。

由里はもう一口麦茶を飲むと次の質問に進んだ。

Q2 この塾《じゅく》で、特に力を入れて勉強したい教科を教えてください。

それは……やっぱり、英語だ。

由里は、将来、英語が話せるようになりたいと考えていた。

だからこそ、中二から始まった、二週間に一度のアメリカ人講師、ナンシーの英会話の授業はがんばりたかった。

若くてかわいくて明るい性格のナンシーは、将来、こんな外国人の友達ができるといいなという由里の理想にぴったりだった。

だけど、授業中にナンシーに話しかけられると、由里は緊張《きんちょう》で、それがどんなに簡単な質問でも、声すら出ないことが多かった。

一度、黙《だま》りこむ由里を見て、ナンシーは前の席にいる浅川麻衣子《あさかわまいこ》に英語できいた。

「Maiko, what kind of person is she?」

すると、麻衣子は言った。

「うーん、シーイズ……カインド」

ナンシーはにっこり笑って「Great」と言うと、由里にもう座《すわ》っていいわよと言ってくれた。

彼女《かのじょ》は優《やさ》しい。

由里は、このとき、私ってそう見られてるんだとホッとする気持ちとともに、大きな違《い》和感《わかん》も覚えた。

そして、麻衣子のその答えに、本当は大声でこう言いたい衝動《しょうどう》にかられた。

私は優しくなんかない！　と……。

だけど実際、由里は誰《だれ》にでも優しく接するようにしていた。

でもそれは、うっかり相手の機嫌《きげん》を損《そこ》ねさせて、いじめや仲間外れにつながらないようにしているだけで、本当の優しさではない。

その証拠《しょうこ》に、由里が実際優しくしているのは、女子のみだ。

一年のとき、バレーボール部の増田征児《ますだせいじ》に、保健委員として優しくしてあげたら、なにを勘違《かんちが》いしたのかメールでコクってきたことがあった。

そのメールには、優しくしてくれて本当に僕《ぼく》は嬉《うれ》しかったみたいなことが書いてあって、このとき由里は、ああ、男子には優《やさ》しくするもんじゃないなと学んだのだ。

ちょっと優しくしたくらいで、好きになられたり、こっちに恋愛《れんあい》感情があると誤解されるなんて、ほんとめんどうでしかない。

それに、クラスでうまくやろうとしたら、男子には嫌《きら》われているくらいがちょうどいいのだ。

男子の前ではキャーキャー言ってかわいい女の子を演出するくせに、女子だけになると辛辣《しんらつ》な態度を取る子がたまにいるけど、そういう子はたいてい女子から嫌われている。

女子とさえうまくやれれば、学校生活に支障はない。

それで由里は、女子にだけ優しくするようにしているのだ。

だけどそれが、由里にとってはストレスだった。

たまに無性《むしょう》にずばりと本音を言いたくなるときがあるのだ。

そして、英語でなら、本音が言えるんじゃないかとも考えていた。

だって、由里の好きな外国の映画では、女のひとはたいていはっきりと自分の気持ちを口にしている。それでケンカになっても、きちんと謝罪して仲直りしたり、相手のそういう性格を受けいれたりするひとたちばかりだ。

実際はどうなのかナンシーにきいてみたいけど、それだって、英語が話せなきゃきくこともできない。

もし英語がペラペラだったら、由里はナンシーにこんなふうに言うつもりだ。

「ナンシー、もっとダイエットしたほうがいいよ。そのTシャツ、ピチピチじゃん。ダイエットなんて簡単だよ。運動して、おやつ食べなきゃいいんだもん」

こんなこと、学校の女の子たちには、絶対に言えない。

言ったら、感じ悪いとか、きつい性格とか、自分はスタイルがいいからって、いい気になってるとかって言われるに決まっている。

だけど英語でなら、外国でなら、こんなふうに本音を言っても許される世界があるんじゃないかと思うのだ。

由里は、大人になったとき、本音が言える生活がしたかった。

そのために、英語がしゃべれるようになりたいのだ。

だけど……。

休み時間、ナンシーに近づいて、いろいろ質問《しつもん》攻《ぜ》めにしている子たちは、けして英語がしゃべれる子たちではない。

特に、浅川麻衣子はすごい。自分の英語が正しいかどうかなんて、おかまいなしだ。

「ナンシー、えっと、トゥモロー、サタディ、ユーアンドボーイフレンド、ウィズ、デート？」

「オー！　どこ行くの？　ウェア？　ゴー、デート」

「アクア……？　ああ、水族館のことか。オー！　うらやましー！　グレイト、グレイト、エンジョイねー！」

彼女《かのじょ》は商店街にある青果店の娘《むすめ》で、小さいころから店を手伝っているせいか、ひとに対して壁《かべ》がない。ふだんから男女問わず、誰《だれ》とでも仲良くできて、ナンシーにもその調子で話しかけている。

そんな麻衣子を見ていると、由里は、自分に足りないのは、英語力というより、度胸かもしれないと思うのだ。

そもそも度胸があれば、偽物《にせもの》の優《やさ》しさで、いじめ対策なんてしなくてすむのだ。

でも度胸ってどうしたら身につくんだろう……。

教えてほしいことって本当はこういうことなんだけどな……。

まあ、でもここは学習《がくしゅう》塾《じゅく》だし、そんなこと求められないか、と思いながら、由里はシンプルにこう回答した。

**A** 英語です。

時計を見上げると、授業が始まるまでまだもう少しある。

三年生のこの時期に、塾《じゅく》に新しい子が入ってくるって、どう思うだろう。

「なんで、いまさら、塾に入ってきたの？」

そうきかれたら、なんて答えよう。

「通信教育に限界を感じたからだよ」

「今まで塾に行ったことないの？」

「あるよ。だけど、友達関係がめんどうになって、辞《や》めたの」

そう、はっきりと真実を答える。

あいまいな返事で、笑ってごまかしたりするんじゃなくて、ここでは本音を言う。

だから、この塾にしたのだ。

相手にどう思われてもいい。

どんなささいなことも、ごまかさない。

楽しい。嫌《きら》い。嬉《うれ》しい。つまんない。おいしい。まずい……。

全部、自分の心のままに、言葉にしたい。

嫌《きら》われても、大丈夫《だいじょうぶ》。

同じ中学の子がいないここなら、大丈夫なんだから……。

由里はおまじないのように、大丈夫を心の中で繰《く》り返《かえ》しながら、次の質問に進んだ。

## Q3 志望校が決まっていれば教えてください。

それはずばり、松葉高校だ。

だからこそ中学入学以来、なにがあっても勉強だけはしっかり続けてきたし、確実に試験に合格できるよう、この塾《じゅく》に入ることにしたのだ。

さらに今年の春、由里の憧《あこが》れの存在である、白石《しらいし》佳代子《かよこ》先輩《せんぱい》もその松葉高校に進学した。

美人で、スタイルも良く、髪《かみ》は短くてボーイッシュ。それなのにすごく女らしくて、チャーミング。

いつでも自然体で、男女問わずたくさんの友達がいる人気者。

由里にとって、白石先輩はスターだった。

松葉高校に行けば、そんな先輩を、また間近で見られるのだ。

これからますますステキになっていくその姿を、眺《なが》めていられるのだ。

由里が白石先輩《せんぱい》の存在に気がついたのは、小学五年生のときだった。

掃除《そうじ》の時間に廊下《ろうか》を歩いていたとき、先輩が男子とふたりでごみ箱を運ぶ姿を見て、あのひと誰《だれ》だろうと思ったのが最初だった。

先輩は、転校生じゃないから、由里が一年生のときには、二年生のクラスにいたはずだ。なのにどうして存在に気がつかなかったのか不思議でしかたないのだけど、とにかくそれ以来、白石先輩を廊下や校庭で見ると、自然と目で追うようになっていた。

由里にとって、先輩の顔、スタイル、服装、髪型《かみがた》、歩きかた、話しかた、すべてが、自分の理想だった。

中学に入学して、すぐに陸上部に入ったのも、白石先輩がいたからだ。

本当なら由里は、走るのは得意じゃない。

運動会のクラス対抗《たいこう》でリレーの選手に選ばれたこともないし、遅《おそ》くもないけれど速くもないという程度だ。

そして実際、引退までの二年半、走り続けてきたけれど、たいして速くならなかった。

「おまえもオレも体型は陸上向きなのに、才能がないよな」

まだ一年のころ、由里にそう言ったのは、同じ陸上部の若林《わかばやし》武《たけし》だ。

あのときはムカついていろいろ言い返したけれど、そのとおりだと由里も思っている。

だけど由里にとって、速くならないことなんてどうでも良かった。

それまで口をきく機会がなかった白石先輩《せんぱい》に指導してもらえるだけで嬉《うれ》しかった。

由里の部活生活は幸せだった。

賞状一枚手に入らなかったけれど、白石先輩とお近づきになれただけで、満足だった。

それほど由里を魅了《みりょう》する白石先輩だけど、ただ一点、不思議でしかたないことがあった。

それは、中学時代、一度も彼氏《かれし》を作らなかったことだ。

しかも、男友達はたくさんいるけど「コクられたことなんて一度もないよ」というのだ。

それを聞いた由里は、学校にいる男子全員をバカだと思うようになったと同時に、ちょっとホッとした。

学校にいる男子に、先輩にふさわしいと思えるひとがいるとは思えなかったし、たいしたことない男子にコクられて、先輩がうっかりつきあったりしたら、がっかりするだろうと思っていたから。

こんなにステキなのに、先輩がもてないなんて、ありえない。

この中学の男子がどうかしているだけだ。好きな気持ちはあっても、高嶺《たかね》の花すぎて、コクる勇気がないだけ。

そしてレベルの高い生徒が集まる松葉高校でなら、先輩《せんぱい》の魅力《みりょく》にノックアウトされるひとが現れるだろう。

先輩にはぜひ、彼氏《かれし》を作ってほしい。誰《だれ》もがうらやむ彼氏をゲットしてほしい。

由里自身、彼氏が欲《ほ》しいと思ったことはないけれど、先輩にはそうあってほしいと願っていた。

そんなパーフェクトな女性になってほしい、と……。

しかし、先月のことだった。

白石先輩が学校帰りに陸上部に遊びにくると聞いて、由里も久しぶりに会いに行くことにした。久しぶりに会った先輩は、相変わらずステキで、しかもなんと、彼氏を連れてきた。

だけどその彼氏は、由里が期待していたそれとは、大きく違《ちが》っていた。

髪《かみ》はぼさぼさだし、無精《ぶしょう》ひげをはやしているし、ジーンズを腰《こし》ばきしているし、これが白石先輩の彼氏？

由里だけでなく、部員一同、ショックを隠《かく》せなかった。

それでも由里は、久々に会えたのが嬉《うれ》しくて、先輩《せんぱい》に近づくと言った。

「先輩、彼氏《かれし》さん、ステキですね」

「うん、ありがとう」

「でも、どこが良くて、つきあっているんですか？」

今考えれば、これは、ステキだなんて全然思っていないことがバレバレの、ものすごく失礼な質問だ。

でも正直、こんなひとが先輩の彼氏だなんてイヤだったのだ。

松葉高校に行って、先輩がおかしな方向に変わってしまったなんて、憧《あこが》れが台無しになってしまう。

すると、先輩は照れもせず言った。

「うーん、見た目かな」

「見た目、ですか……」

由里はうなずきながらも、いったいこの見た目のどこがいいのだろうと、ますますわからなくなった。

すると、そんな由里の気持ちを見抜《みぬ》いたのか、先輩が笑って言った。

「みんなには、似合わないとか、がっかりなんて言われるんだけどね」

由里も、そっちの意見に賛成だった。

だけど先輩《せんぱい》は、ベンチにだるそうに座《すわ》っている彼氏《かれし》をいとおしそうに見ながら言うのだ。

「でも私、ひとにどう見られるかなんて、どうでもいいの。だって、私には、彼が世界でいちばん格好《かっこよ》良く見えるんだもん」

由里はその言葉を聞いて、ハッとした。

そして、さすが先輩だと思った。

あんな見た目だけど、優《やさ》しいとか、頭がいいという理由ではなく、先輩は本当に《見た目》で選んでいるのだ。

あのひとのことを、心底、格好いいと思っているのだ。

「白石先輩、変わっちゃったよなあ」

先輩が帰ったあと、引退してからもコーチ面《づら》して足しげく通っている若林武が言った。

「違《ちが》うよ」

だけど由里は若林をにらみつけて言った。

「先輩は、進化したんだよ」

「はあ？　進化？」

そう、先輩《せんぱい》は恋《こい》に目覚めて、進化したのだ。

だって中学のとき、先輩はここまできっぱりと本音を言うひとじゃなかった。

いつも颯爽《さっそう》としていて、人当たりも良くて、男女問わずたくさんの友達がいて、そのすべてが、さわやかだった。

ひとを憎《にく》んだり、さげすんだり、嫉妬《しっと》したりすることもない代わりに、熱くなることもなかった。

だけど、今日の先輩は熱かった。

「私、ひとにどう見られるかなんて、どうでもいいの」

由里は、先輩のその言葉にしびれた。

《ひとにどう見られるかなんてどうでもいい》ということは、それだけ自分を《信じている》ということだ。

だから、今まで築いてきた自分のイメージを簡単に捨てて、自分の気持ちだけで恋人を選べるのだ。

さすが、私のスターだ。

想像をはるかに超《こ》えた鮮《あざ》やかな進化をとげた先輩を目の当《ま》たり《あ》にして、由里はますます自分も絶対松葉高校に行くのだと決意を新たにした。

私も松葉高校に行って、先輩《せんぱい》みたいに進化したい。

そして、周囲の評価など気にせず、自分の本音をスパッと言えるようになりたい。

「進化って……なんか、言ってる意味がさっぱりわかんないんだけど……」

若林がそんな由里の顔をのぞきこんで言った。

「いいよ、わかんなくて」

そう、わからないヤツは、わからなくていい。

それで全然、かまわない。

これは、私の問題だ。

「相変わらず、わけわかんないヤツ」

たしかに。

自分だって、自分のこと、わけわかんないヤツだと思っている。めんどうくさいヤツだと、自分で自分にうんざりしている。

だからこそ、あんなふうに独特な進化をしたいのだ。

たとえ周囲に「変わっちゃったね」とがっかりされても、自分だけは、自分の変化に満足していたい。

そんなふうに、自分を信じられるひとになりたい。

「でも……」

そんな由里に、若林が言った。

「オレ、おまえのそういうとこ、けっこう好き」

「はあ？」

「あっ、いえ、なんでもないです」

由里はそこでハッとした。

なんで私、こんなことまで思いだしているんだ？

由里は、あわててアンケート用紙に向かった。

なんか、へんなことまで思いだしてしまったけど、行きたい高校はただひとつ。

由里は回答欄《かいとうらん》に、迷わずその高校の名前を書いた。

A　第一志望は、松葉高校です。

回答欄にそう書いたとたん、由里ははたと気づいた。

この塾《じゅく》に、同じ中学の子はいない。

だけど、来年、同じ松葉高校に進む子は、いるかもしれない……。

ここでは、本音を言う。

嫌《きら》われたって、かまわない。

そう心に誓《ちか》ってきたけど、もし、誰《だれ》かに嫌われて、その子が来年、同じ松葉高校に入学を決めたらどうしよう……。

あの子、ズバズバ本音を言うし、空気読めないんだよねー。

高校でさっそくそんなふうに言いふらされたら……。

「違《ちが》う、大丈夫《だいじょうぶ》」

由里はさっきから何度も繰《く》り返《かえ》してきたその言葉を、口に出してつぶやいた。

松葉高校に入るような子に、そんな子はいない。

そんな子、いるわけない！

そんなの……。

わかんない、か……。

由里はあまりの衝撃《しょうげき》に、身体《からだ》をそらして天井《てんじょう》を見上げた。

ああ、なんで気づかなかったのだろう。

そうだよ。

同じ中学の子はいなくても、来年、同じ学校になる子はいるかもしれないのだ。

由里はこうこうと白く光るライトを見つめて、しばし呆然《ぼうぜん》とした。
でも……。
それでも、いいのか……。
だって、来年の私は、進化するんだから……。
《ひとにどう見られるかなんてどうでもいい》
そんなふうに、進化するんだから。
由里は大きく息を吸って、姿勢を正した。
そう、私は変わるのだ。
ここにいるのは、未来の私。
ここでは、ウソのない、すでに進化した自分でいく。
よし！
由里は大きく息を吐《は》くと、最後の質問に進んだ。

**Q4**　あなたにとって、勉強とはなんのためにするものですか？

なんのためって、受験のためじゃないの？

そういえばあの塾長《じゅくちょう》、あなたのことを知りたいとか言っていたけど、受験のためなんて書いたら、勉強とは受験のためだけじゃないとか、諭《さと》されたりするのかな。

いやいや、でもここは、学習塾だし……。

それなのになんで、こんな質問するんだろう……。

そういえば……。

春にクラス替《が》えをしたばかりのときも、アンケートで似たようなことをきかれて、同じように思ったっけ……。

《中学生活最後の学年です。これからどんな一年にしたいですか？》

どんな一年？　……って、受験しかないじゃんって。

だから回答欄《かいとうらん》には「受験をがんばりたいです」と書いた。

だけどあのあと、陸上部のメンバーとミーティングをしていて、アンケートになんて書いたかという話になった。

「やっぱ、最後の年だから、いい思い出を作りたいよね」

「最後の中学生活だし、楽しみたいよね」

みんなはそんなふうに言っていて、しかたなくいっしょにうなずいていたのだけど……。

バカバカしい。

由里は正直、そう思っていた。

なにを寝《ね》ぼけたことを言ってるの？

この一年は、受験に勝つためにがんばる。

だって、志望校に行けなかったら、もともこもない。

今勉強しないで、いつ勉強するわけ？

もちろん、言葉にはしなかったけれど……。

ああ、でも……。

そこで由里はふと思いだした。

うちのお母さんは受験生でもないのによく勉強してるよなあ……。

由里の母親は、朝早くから夜遅《よるおそ》くまで働く住宅メーカーの会社員だ。

おまけに通信制の大学の建築科《けんちくか》に在籍《ざいせき》しているので、家にいるときはたいてい勉強している。

「それって、楽しいの？」

由里は一度、ダイニングテーブルで勉強している母親に、きいたことがあった。

すると母親は即答《そくとう》した。

「つらいわよ」

「じゃあ、なんでやってるの？」

「勉強は、武器になるからね」

「武器？」

由里には言っている意味がわからなかった。

「会社は戦場だからね。戦うための武器はひとつでも多いほうが、有利でしょ？」

「会社って、戦場なの？　働くって、戦いなの？」

「そうよ」

母親はきっぱりとうなずいた。

「働くって……つらいね」

「そうよお、つらいのよぉぉぉぉー、うぉーん、うぉんうぉん」

だけどそう言って、泣きまねをする母親は実際、ちっともつらそうに見えなかった。

そして、どんなにたいへんぶっても好きで仕事をしているのを知っているので、由里はあきれて言った。

「でも、主婦より、いいんでしょ？」

すると母親は、泣きまねをやめてニヤリと笑うと言った。

「ふふふ、まあ、ね」

由里の家にいるのは、主婦ではなく、主夫だ。

公務員の父親は、時間どおりに仕事が始まり終わるひとで、忙《いそが》しい母親に代わって、家事のほとんどを担《にな》っている。

由里が小さいときは保育園の送《おく》り迎《むか》えもしていたし、今でも毎日のお弁当作りや由里の破れた体操着を繕《つくろ》ったりなど、すべて父親がやってくれている。

「家のことするくらいなら、会社でつらいほうが百倍楽なのよねー」

母親のこの言葉は、正真正銘《しょうしんしょうめい》、本音だろう。

だけど由里は、以前、本当につらそうな姿を一度だけ目撃《もくげき》したことがあった。

あれは中学一年のころだ。

「女がチームリーダーでなにが悪いっていうのよ。一生懸命《いっしょうけんめい》働いて、やっと手に入れたポジションなのに、男には女のくせにって言われて、若い女の子にはあんなおばさんにはなりたくないとか言われて悔《くや》しい〜」

そう言って、夜中に父親相手に大泣きしている姿は、ふだんの、元気で明るい母親とはまるで別人だった。

だから母親のやっている勉強は、本当のところそれほど強い武器にはならないのだろうな、と由里は見ている。

そして、仕事でいちばんたいへんなのは、やっぱり人間関係で、それって学校と同じだな、とも。

それでも、お母さんがたいしてたいへんそうじゃないのは、仕事が好きなだけじゃなくて、ああして泣きつけるひとがいるからなのだろう。

ちょうどそのころ、由里は最初の塾《じゅく》でいっしょだった新山聡美とのことで悩《なや》んでいた。だけど、それを両親には言いだせなかった。

けして頼《たよ》りにしていないわけじゃなくて、中一にもなって、小さな子どもみたいに泣きつくなんて、プライドが許さなかったのだ。

だから、大人なのに、ああして泣きつけるひとがいる母親をうらやましいと思ったし、自分も将来、あんなひとが欲《ほ》しいと思うのだ。

大人になったときいちばんの武器は、勉強して得られる武器じゃなくて、そういうひとがいるかどうかだ。

自分の心のまま、叫《さけ》んだり、泣いたりできる、誰《だれ》かが。

友達が欲しい。

由里の頭の中に、自然とそんな言葉が浮《う》かんだ。

本当の友達が欲《ほ》しい。
本音を言える友達。
高校までなんて待てない。
今すぐ欲しい。
そうじゃないと、受験なんか乗《の》り越《こ》えられない。
由里は椅子《いす》の背もたれに身体《からだ》を投げだして、天井《てんじょう》を見上げた。
そう。
だから通信教育だけじゃなくて、塾《じゅく》に行きたいと思ったのだ。
家庭教師ではなく、塾を選んだのだ。
本音を言える友達が欲しいから。
今すぐに、欲しいから。
ここに来るまで、いろいろ理由をつけてきたけど、これが本心。
武器が欲しい。
受験を乗り越えるための、《友達》という武器が。
ひとりぼっちじゃ、とてもこの試練を乗り越えられない。
だからやっぱり、勉強って二番目とか三番目の武器なんだよなあと思いながら、由里はとりあえず回答欄《かいとうらん》にはこう記入した。

A　受験を乗《の》り越《こ》えるため。

すべての回答を終えて、由里はシャーペンを置いた。すると、ようやく背後にある教室のドアが開く音がした。

やっと、誰《だれ》かが来たようだ。

新しい塾《じゅく》の新しいクラスメイト。

男？　女？　どんな子だろう……。

由里はうつむいて、背後に感じるひとの気配に集中した。

どうかここが、自分らしくいられる場所になりますように。

本当の私を知っても、嫌《きら》いにならずに、つきあってくれる誰かがいますように。

そんな関係を誰かと築けますように。

由里は心の中で祈《いの》るようにそうつぶやきながら、じっとその誰かが視界に入るのを待った。

視線だけを動かして、本当の友達になれるかもしれない誰かの姿を探した。

## Q5 彼女《かのじょ》のことで頭がいっぱい受験直前生活

中瀬義巳《なかせよしみ》

あった、これだ……。

夜九時。中瀬義巳《なかせよしみ》は、コンビニの雑誌コーナーの前で、唾《つば》をごくりと飲みこんだ。

受験本番まで、あと一か月半。最後の追いこみのこの時期に、どうしても買わなければならないものではないことはわかっている。

親には単語帳が足りなくなったから、ちょっとコンビニに行ってくると、いかにもなウソを言って出てきた。

だけど、義巳の本当の目的は、雑誌を買うことだった。

受験勉強のためではない。気分転換《きぶんてんかん》のためでもない。

だいたい、義巳がこれから買おうとしている雑誌は、女子中高生向けのファッション誌

《キャピグー》だ。

彼女《かのじょ》のさゆりんこと、吉田《よしだ》さゆりの愛読しているこの雑誌をなぜ、義巳が今、買おうとしているのか。

買っておいてと、頼《たの》まれたわけじゃない。だいたいさゆりんは、この雑誌の今月号はすでに持っている。

それでも義巳にはこれを手に入れなければならない、理由があった。とても、重大な理由が。

義巳は意を決して、その雑誌を手に取ると、レジに向かった。

「いらっしゃいませ」

レジのお兄さんがそう言いながら、義巳から雑誌を受けとる。雑誌の裏にあるバーコードを、機械にピッと読みこませる。

「五百八十円になります」

義巳はポケットから千円札を取りだした。

「四百二十円のおつりになります。レシートはいりますか?」

「あっ、いらないです」

そして、レジ袋《ぶくろ》に入った雑誌を渡《わた》されたそのとき、そのお兄さんが義巳の顔をちらりと見た。

「あっ、姉に頼《たの》まれちゃって」

とっさにそんな言葉が浮《う》かんだけれど、言葉にならず義巳はそそくさと店を出た。

そして家へ帰る道を、猛《もう》ダッシュ。

あのひと、どう思っただろうか。

オメー、なんでこんな雑誌買ってんだよ。好みのモデルでも出てるのか？　かわいい女の子を眺《なが》めて、楽しもうっていうのか？

きっと、そう思ったに違《ちが》いない。あの視線は、そうだ。間違いない。

義巳は恥《は》ずかしさで、ダッシュのスピードをさらに上げた。

「ただいまー」

そして玄関《げんかん》を開けると、階段をかけあがって、自分の部屋に飛びこんだ。

「ドタドタうるさい！　静かにしてよ」

隣《となり》の部屋の姉から、苦情が入る。

「すみませーん」

義巳は素直《すなお》に謝《あやま》ると、勉強机に座《すわ》った。

急に足が冷たいと感じる。一月の寒空《さむぞら》の中、裸足《はだし》にサンダルで出かけたことに、いまさら気づく。

先週降った雪がまだ残っている道を、裸足《はだし》で出かけて、寒いとも感じなかった自分の異様さに驚《おどろ》く。

そんな自分にあきれながら、義巳は今買った雑誌を、そっとレジ袋《ぶくろ》から取りだして、さっそく、該当《がいとう》ページを探した。

「これだ……」

それは、回答すると抽選《ちゅうせん》でプレゼントをもらえるというアンケートのページだった。

そしてそのプレゼントの中に、買うと何万円もするというバッグがあるというのだ。

「ああ、これ、欲《ほ》しいなあ」

それは昨日のデートで、スタバでお茶をしながら、買ったばかりの雑誌をめくっているときだった。

「このバッグ手に入れたら、さゆりん、すっごく幸せな気分になれると思うんだよねー。今の自分を好きになれると思うんだー」

さゆりんのこの言葉は、義巳にとって衝撃《しょうげき》だった。

今の自分が好きじゃない……。

つまり、さゆりんは、満たされていないのだ。幸せじゃないのだ。オレという彼氏《かれし》がいるのに？
義巳は、ショックだった。焦《あせ》りと不安でまったく勉強が手につかなくなった。
それで思いついたのが、このバッグを手に入れて、さゆりんにプレゼントしようという
ことだった。
この雑誌を買って、自分がアンケートに答えて、みごとにバッグをゲットする。
もちろん、抽選《ちゅうせん》なので当たるかどうかわからない。
だけど義巳は、なにかせずにはいられなかった。
さゆりんを幸せにするための最大限の努力をしなければ、気持ちを落ち着けることなど
不可能だと思ったのだ。
それで、コンビニに走り、こうして雑誌をゲットしたというわけなのだ。
義巳はさっそく、そのページのQRコードをスマホで読みこんで、アンケート画面を呼
びだした。
もちろん、義巳はこのアンケートに、まともに答えるわけにはいかない。
この雑誌を愛読している女の子のふりをして、答えなければならない。
友達のこと、いつも遊んでいるエリア、好きなタレント……。
自分がさゆりんになったつもりで考えれば、そうとまどうこともなくて、さくさくと回

答していく。

ところが《彼氏《かれし》のいるひと限定》の質問になると、急に回答速度は落ちた。

Q1 あなたは彼氏のどんなところが好きですか？

義巳はさゆりんになりきって、考えた。

うーん、イケメン？　そして、背が高いし、あとは、なんといっても超《ちょう》、優《やさ》しい！

そう、優しい。超、優しいよ。だって、さゆりんのために、こんなことまでしているのだ。

ほんと、優しい。優しすぎる、だろ、オレ……。

義巳はそう考えて、ふうとため息をついた。

と同時に、ふと、ある出来事を思いだした。

あれは、小学六年のときのことだ。

クラスメイトの木村奈々子《きむらななこ》と林間学校のクラス委員をいっしょにやったときのことだった。その仕事のため、放課後ふたりで教室に残っているときのこと。

「どうしたの？」

木村に言われて、義巳はさっきから自分の分の仕事がちっとも進んでないことに気づいた。

そのとき、義巳は夕方にやっているアニメの再放送を見たくてしかたがなかった。

しかも録画予約もしてなくて、今すぐ家に帰りたかった。

ああ、見たい。見逃《みのが》したくない。帰りたい、今すぐ帰りたい。

だけどそんなことを言えるわけもなく、義巳はぶっきらぼうに答えた。

「べつに……」

だけど木村は、そんな義巳の顔をのぞきこんで言うのだ。

「なにか用事があるんじゃないの？」

「えっ、うん、まあ、な……」

用事といえば、用事なので、義巳はうなずいた。

「大事な用事？」

「うん、まあ……」

そしてそれは出来心だった。

「親戚《しんせき》の家に行かなきゃならなくて……」

自分で、親戚って誰《だれ》だよと心の中でつっこみながら、義巳は続けた。

「母さんに頼《たの》まれててさ……」

頼まれてって、なにをだよ。

すると、木村は言った。

「じゃあ、いいよ、帰って。あとはやっておくから」

「ほんと?」

義巳は思わず、嬉《うれ》しさを隠《かく》しきれない声をあげた。

だって、今ならダッシュで帰ればアニメの時間に間に合うのだ。

「うん、いいよ」

「えっと……じゃあ、悪いな」

そうしてその言葉に甘《あま》えて、義巳は、本当に帰ってしまったのだ。

だけど次の日、義巳が学校に行くと、木村はケガのため学校を休んでいた。

林間学校のときに着るクラス全員分のTシャツをひとりで運んでいて、階段を踏《ふ》み外《はず》したというのだ。

義巳は申し訳ない気持ちでいっぱいになった。

「昨日、どうして中瀬は先に帰ったんだ」

先生にそう問われて、義巳は素直《すなお》にすべてを白状した。

そして、その日の放課後、先生といっしょに木村の家にお見舞《みま》いにいくことになった。

家に行くと、木村は松葉づえで、玄関《げんかん》まで出てきてくれた。

ギプスを巻いた足が痛々しい。

だけど、木村は笑ってこう言ったのだ。

「本当はアニメが見たいから帰ったって、知ってたよ。昼休みに録画してないって騒《さわ》いでいるの見てて、かわいそうだなって思ったの」

さらに彼女《かのじょ》は、先生にこうも言ってくれた。

「先生、中瀬くんが悪いんじゃないんです。私が勝手に無理したからいけないんです」

義巳はそのとき、木村ってなんて優《やさ》しくていいヤツなんだと思った。

いいヤツじゃん、スッゲー、いいヤツ。

それで帰り道、ホッとしたのもあって義巳は明るい調子で先生に言った。

「いやあ、あいつ、ほんと優しくて、いいヤツですねー」

すると先生はあきれ顔で、義巳を見て言った。

「いいヤツかあ……。おまえ、鈍感《どんかん》だな」

「えっ？　鈍感？　なんで？」

このとき義巳は、先生の言っている意味がさっぱりわからなかった。

そして、そんな義巳を見てあきらめ顔をした先生は、さらにこう言った。

「ああ、せつないなあ」

「えーっ、どうしてですか?」

そこまで言われても、義巳は木村のことを《いいヤツ》って思うことが、どうして《せつない》のか、首をひねるばかりだった。

だけど、今ならわかるのだ。

たぶん、木村はあのころ、義巳に好意を持ってくれていたのだ。

だからあんなケガをしてもなお、先に帰った義巳を責めるどころか、かばうようなことを言ってくれたのだ。

そして今、義巳は今の自分を、まるであのときの木村みたいだと思うのだ。

大好きなさゆりんに喜んでほしくて、夜遅《よるおそ》くに裸足《はだし》にサンダルでコンビニに走り、レジの兄ちゃんにあやしい視線を投げられつつギャル向けの雑誌を買い、たいせつな受験勉強そっちのけで、このアンケートに取りくんでいる。

そして、もし、このバッグが当たったらこう言って渡《わた》すつもりでいる。

「これ、ねーちゃんが買ったんだけどいらないっていうんだ。さゆりん、使う?」

さゆりんは、バッグに飛びついて喜ぶだろう。

義巳の努力など、まるで知らずに、「ラッキー！」とあっさりと、手にするだろう。

だけど義巳は、それでいいと思っている。

努力して手に入れたなんて、知らせるつもりもない。

だって、欲《ほ》しいのは、このバッグを手に入れたさゆりんの笑顔《えがお》だけだから。それだけで、自分はうんと幸せな気持ちになれると思うから。

そして、あのときの木村も、こんなふうに自分を見ていてくれたのかなあと思うのだ。

アニメが見られる喜びで、いそいそと帰っていく自分の後ろ姿を、満足げに見送ってくれたのかもしれないと……。

だから階段でこけて足をケガしてもなお、自分を責めずに、逆に一生懸命《いっしょうけんめい》にかばってくれたのだろうと……。

義巳は、あのときの木村の言動を思い返せば思い返すほど、先生が言った「せつないなあ」という言葉が身にしみた。

だって、今、こうしてあのときの木村の言動を思い返したところで、自分はやっぱり木村を《優《やさ》しくていいヤツ》としか思えないから。

それで木村のことを好きになるかというと……悪いけど、それとこれとは別だから。

そう、そこまでしたって、相手の気持ちを変えることなんてできないのだ。

義巳の木村に対する気持ちが変わらないように、さゆりんの義巳に対する気持ちもきっと、変わらない。

もちろん、さゆりんはつきあっているくらいだから、義巳のことは好きだろう。

だけど、バッグを手にしたところで、今より、もっと義巳のことを好きになってくれるかというと……やっぱりそれとこれとは別なのだ。

それがわかるから、せつないのだ。

それでも、このバッグを欲《ほ》しがっていると知ってしまった以上、なにもせずにはいられなくて、義巳はこうしてアンケートと向き合っている。

バッグが当たるという一縷《いちる》の望みをかけて。

それをゲットしたときの、さゆりんの嬉《うれ》しそうな笑顔《えがお》だけを求めて……。

義巳はなかば強引《ごういん》な気持ちで回答欄《かいとうらん》に打ちこむ。

A
　彼氏《かれし》の好きなところは、イケメンで、背が高くて、超《ちょう》、超、チョー、優《やさ》しいところです！

自分で打ちこんだ回答を見て、思わず、ふうとため息がもれる。

そして、さらに、ふとある記憶《きおく》がよみがえる。

あれは三年になったばかりの春のことだ。

担任が配付したアンケート用紙に、こんな質問があった。

《現在おつきあいしている異性はいますか？　もし良ければそのひとの名前も教えてください》

義巳は、なんのためらいもなく、「います」と書いた。そしてもちろん、さゆりんの名前も書いた。

義巳とさゆりんは、つきあっていることを隠《かく》すようなつきあいかたはしていなかったし、だから書いても問題ないと思ったのだ。

だけどそれを言うと、さゆりんは驚《おどろ》いて言った。

「えー、名前まで書いたの？　私は《います》とは書いたけど、名前までは書かなかったよ」

「えっ、なんで？」

「だって、あんなアンケートできかれて、まじめに答えることないじゃん」

「……そっか」

「そうだよー、えーっ、私の名前、書いたんだー。サイアクー！」

「ゴメン……」

「まあ、書いちゃったもんは、しかたないけどさー」

義巳はあのとき、さゆりんに申し訳ない気持ちになったと同時に、深く傷ついた。

なんで、サイアクなんだろう。

オレとつきあってることが知られることが、そんなにサイアクなことだろうか。

だいたい、ふたりがつきあっていることは、とっくに先生たちに知られていることだ。

毎朝、校門で制服のチェックをしている先生たちに、手をつないで登校しているのを見られているのだから……。

「うーん、それは、イヤだな」

そんなモヤモヤを、義巳は幼なじみの浅川麻衣子《あさかわまいこ》に愚痴《ぐち》った。

部活のミーティングがあるからと、さゆりんといっしょに帰れず、ひとりとぼとぼと帰っていた道すがらでのことだった。

「なんでだよ。いつもいっしょに登下校してて、生徒どころか先生たちにだってしっかり見られてるのに、隠《かく》すほうが変じゃん」

商店街にある青果店の娘《むすめ》である麻衣子とは、同じ幼稚園《ようちえん》に通っていたころからのつきあいで、義巳にとって気安く話せる数少ない女子の友達だった。

「隠してるわけじゃなくても、わざわざアンケートにそう書いて、先生たちに公言しなくたっていいじゃん。だいたい、あんなアンケートにまじめに答えてるってとこが、ひくよね」

「だって、アンケートはまじめに答えるもんじゃないか」

「えー、アンケートって、フツー本音は書かないよ」

「えっ、オレはいつも本音を書いてきたけど……」

するど、麻衣子は信じられないという目で、義巳を見た。

「あんた、意外にまじめなの？　学校のアンケートなんて、知られてもかまわないことだけを書くもんだよ」

「そんなの、いつ誰《だれ》が決めたんだよ」

「そんなの常識。私なんて幼稚園《ようちえん》のときに先生に『将来の夢は？』ってきかれて、あのころ幼稚園の先生になりたいって思ってたんだけど、みさと先生に憧《あこが》れてなりたいって誤解されるのがイヤで『学校の先生』って答えたよ。幼稚園児だって、そこまで考えて回答するんだよ」

「おまえ、みさと先生のこと、好きじゃなかったの？」

「うん、嫌《きら》いだった。あの先生、お気にいりの子ばっかりえこひいきしてたじゃん」

「えっ、そんな先生だったか？」

「そうだよ。気づかなかったの？　あんた、あのころから鈍感《どんかん》だったんだねぇ」

鈍感……。

そんなつもりはないのに、よく言われるこの言葉。

オレは鈍感なのだろうか。

だから、アンケートにさゆりんの名前を書いたらイヤがるだろうとか、気づけないのだろうか。

だけど……。

オレは知ってほしかったのだ。

先生たちどころか、世界中のひとに知ってほしいのだ。

さゆりんとオレは、正式にカップルです。

ちゃんとつきあっている好き同士ですって……。

だって、そうじゃないと、オレ、あいつに勝てないじゃないか……。

あいつに……。

義巳はそれ以上考えるのはやめて、「ＮＥＸＴ」のボタンをタップして、次の質問に進んだ。

## Q2

あなたは、自分の好きなファッションと、彼氏《かれし》が好きなファッション、どちらを優先しますか?


義巳は気持ちを切りかえて考えた。

これはつまり、彼氏に良く思われたくてミニスカートをはくタイプか、そうじゃないかをきいてるのだな。

さゆりんはミニスカートが好きで、デートのときも、いつもかわいい服を着てくる。だけど、それはけして、義巳の好みに合わせているわけじゃなかった。単純にそういうファッションが好きなのだ。

そして義巳は、ファッションなんてまるでわからないので、さゆりんにどういう服を着てほしいという希望はない。

なにを着ても、さゆりんはかわいい。ジャージを着てたって、かわいい。

だけど、ファッションにうといというより、無頓着《むとんちゃく》な義巳に、さゆりんは不満そうだ。

「また、それ着てるー」

義巳の私服は、さゆりんに言わせるとサイアクらしいのだ。

いつもジーンズにシャツばかりなのはともかく、同じ無地のブルーのシャツを何枚も持っていて、それぱかり着ているからだ。

「もっといろんな柄《がら》のシャツを着なよ。いっつも同じ服で、貧乏《びんぼう》くさいよ」

さゆりんにそう言われて、ショップに連れていかれるのだけど、義巳はどうしてもほかのシャツを選べないのだ。

大好きなさゆりんに勧《すす》められた服でも、どうしても買う気にならないのだ。

おまえ、それでさゆりんに嫌《きら》われたらどうすんだよ。

そう自分を説得するのに、どうしてもダメ。

けして、さゆりんの勧める服がおかしいわけじゃない。

値段も手ごろだし、中学生男子が着るにふさわしいごくふつうのシャツだ。

「どうして？　今着てる服となにが違《ちが》うわけ？　これだって、あれだって似たようなものじゃん」

そう、これだってあれだって、いいのだ。

どこにでもある、チェックだったり、無地だったりするシャツだ……。

「まあ、いいけどさ。よっちゃんって、へんだよね」

そう、自分でもへんだと思う。

ほかのことに関してては、なんだってさゆりんの意見に従うのに、服に関してだけはダメなのだ。

特に気にいってるわけでもないのに、どうしてもいつも同じブルーのシャツしか、着る気になれないのだ。

そこで義巳は、つい先日のことを思いだした。

宿題になってしまった作品を提出しに、放課後、美術準備室に行ったときのことだ。

「遅《おそ》くなってすみません」

美術教師の笹塚《ささづか》は、今でもときどき、有名な絵画コンクールで入賞したりする現役《げんえき》の芸術家だった。

「三組では、あなたが最後です」

そして、生徒に敬語を使うめずらしいタイプの教師でもあった。

「すみません」

義巳はもう一度、謝《あやま》った。

「ところで……」

そして笹塚は、提出したばかりの義巳の作品を眺《なが》めながら言った。

「あなたは、ファッションに興味がありますか?」

思わぬ質問に、義巳は言葉につまった。

「あなたは修学旅行のとき、毎日同じシャツを着ていましたね」

「あれは、同じシャツを三枚持っていったので、毎日、きれいなものを着ていました」

あのとき義巳は、みんなに着替《きが》えを持ってこなかったのかと疑われて、説明にずいぶん手間取った。

だけど、笹塚はコホンとひとつせきをして言った。

「それは知っているのですが、どうして同じシャツを三枚も持っているのか、きいてもいいでしょうか」

それで義巳は、服を買い足すときにいつも同じ店で買い、しかもつい定番のブルーのシャツを選んでしまうので、同じシャツを何枚も持っているのだと説明した。

すると、笹塚は深くうなずいて言った。

「なるほど、服に強いこだわりがあるのですね。あなたは、自分に似合う服しか着たくないのでしょう。実際、あの服はシンプルですが、あなたにとてもフィットしていると私は思いました」

「はあ……」

「あなたは、将来、スタイリストなんかが、向いてるかもしれませんね」

「スタイリスト?」

思わず、すっとんきょうな声が出る。

スタイリストって、たしか、テレビや雑誌に出るタレントやモデルに服を選んでやる仕事だよな……。

その仕事が、オレに向いてる？

同じシャツしか選べない、オレが？

だけど笹塚は義巳の提出した絵を見つめたまま続けた。

「あなたの色彩感覚《しきさいかんかく》はかなり優《すぐ》れています。そして、スタイリストなら、自分に似合う服ではなく、他人が着る服です。流行を加味しなければならない場合もあるでしょうが、あなたにとってはむしろ自由かもしれません」

「はあ……」

「まあ、将来の参考にしてください」

「はあ……ありがとうございます」

義巳はスタイリストなんていう、考えたこともない職種を勧《すす》められ、へんな気分だった。

だいたいハイレベルなセンスを問われるそんな仕事が自分にできるなんて、とても思えない。

色彩感覚《しきさいかんかく》が優《すぐ》れてるって言ってたけど、絵なんていつも適当にしか描《か》いてないし、色だって適当にしかつけてない。

だけど……。

笹塚には妙《みょう》な伝説があるのだ。

その昔、絵を苦手としていた生徒が、笹塚に才能があるとその道を勧《すす》められ、実際に画家になったという話とか、サッカー推薦《すいせん》で高校進学が決まった生徒に、あなたは将来、サッカー選手ではなく自分で事業を起こすひとになるでしょうと言われて、実際に自分で会社を作って成功したひとがいるとか……。

義巳には、今のところ、なりたい職業というものはない。

だけど、笹塚に「スタイリスト」と言われて以来、なんとなく意識するようになってしまった。

そして義巳は、自分の服は選ぶのがめんどうでも、服を買いに行くさゆりんにつきあうのは好きだった。

さゆりんなら、こういうのも、ああいうのも似合うのになあと考えながら、いろんなショップを回るのは、特別好きなデートだ。

だけどそれは、大好きなさゆりんだから、いろいろ考えたくなるのだとも思っている。

もっと、かわいくしてあげたい。もっと、ステキにしてあげたい。だから、あれこれ服を選んであげたくなるのだ。

ただ、義巳の勧《すす》める服はイヤらしく、いつも却下《きゃっか》されてしまうのだけど……。

まあ、いい。

さゆりんはなにを着ても、かわいい。ジャージを着てたって、かわいいのだ。

義巳はくだけた感じが出るよう、回答欄《かいとうらん》に、こう入力した。

A　もちろん、自分の好きなファッションが優先。でも、彼氏《かれし》はなにを着てもかわいいって思ってくれているから、ノープロブレムだよーん。

そう、オレたちはノープロブレム！

なんの問題もない、ハッピーカップル！

こんなかわいい子とつきあえているオレは、超《ちょう》ラッキーボーイ！

義巳はそう、頭の中で繰《く》り返《かえ》して、自分を奮い立たせた。

そしてそのテンションのまま、次の質問に進んだ。

## Q3 あなたは彼氏《かれし》と友達、どちらを優先させますか?

もちろん、さゆりんは友達優先だ。

義巳がデートの約束をすっぽかされたのも、一度や二度じゃない。

一方、義巳はつねに、さゆりん優先。

さゆりんからの急な呼びだしがあれば、友達との約束はもちろんドタキャンする。

「おまえなあ。こんなことしてばっかりだと、いつか友達なくすからな」

その被害《ひがい》をいちばんに受けているのが、親友の増田征児《ますだせいじ》だ。

あれは、つい先日のことだ。

「おまえだって彼女《かのじょ》ができたら、オレなんて見向きもしなくなるよ」

義巳はこのとき、征児の部屋で漫画《まんが》を読んでいた。

「オレはおまえみたいにならないね」

一方、征児はゲームをしていた。

「いや、なるね。絶対になる」

「ならねーよ」

最近のふたりは、受験勉強をするという名目で、どちらかの家でともに過ごすことが多かった。

だけど、たいていはこんなふうにろくに勉強しないで、それぞれ違《ちが》うことをしていることが多かった。

それは最近にかぎったことじゃなくて、昔からいっしょにいても特になにをするでもなく、だらだら過ごすだけの関係なのだ。

義巳と征児は小学生のころ、同じピアノ教室で、同じ曜日にレッスンを受けていたのがきっかけで知り合った。

そのピアノ教室の先生が時間にルーズで、開始時間が遅《おく》れることが多く、待たされているあいだ、ふたりは近所の公園でよく時間をつぶしていた。

今はもうふたりとも、ピアノなんて習っていないし、今だって共通の趣味《しゅみ》があるわけでも、部活やクラスがいっしょなわけでもない。

さらにいうと、特別気が合うというわけでもない。

それでも、義巳は征児を親友だと思っていた。ほかの誰《だれ》とも違う、特別な存在だった。

そして確認《かくにん》したことはないけれど、征児もまた同じように感じているはずだと確信していた。

だって、あんなことがあったのだ。

ふたりにとって、けっこうきついあの記憶《きおく》が……。

あれは五年生になったばかりのころだった。

ふたりが公園のベンチでゲームをしていると、女のひとが地図と住所がかかれた紙を見せて言った。

「きみたち、この病院に、案内してくれないかな？」

今思えば、ちょっとあやしい雰囲気《ふんいき》のひとだった。

「よくわからなくて……」

ふたりは見せられた地図を見て、すぐ近くだとわかったので、案内してあげることにした。

そうして、病院に到着《とうちゃく》すると、そのひとはふたりにお礼を言ってこうつけ加えた。

「ご褒美《ほうび》、あげるね」

義巳はお菓子《かし》でもくれるのだろうかと思った。

しかし、そのひとは、義巳に近づいて腰《こし》をかがめると、いきなりキスをしてきたのだ。

驚《おどろ》いて、呆然《ぼうぜん》としていると、そのひとは続いて、隣《となり》にいる征児にも、同じことをしていた。

「フフフ、初めて、だったかな」

そのひとは、そう言って楽しそうに笑うと、病院のドアを開けて中に入っていった。

そのあとふたりは、しばらく呆然《ぼうぜん》とその場に立ちつくしていたけれど、なにごともなかったかのように、公園に戻《もど》ってゲームの続きをした。

そのことについて、義巳はほかの誰《だれ》にも話していないし、征児もきっと同じだと思っている。

やがてふたりは、中学生になり、同時に彼女《かのじょ》が欲《ほ》しいと思うようになった。

そして去年の夏、義巳がさゆりんとつきあいだすと、征児は言った。

「もう、チューしたか」

義巳が自慢《じまん》げにうなずいてみせると、征児は「いいなあ」とうらやんだあと、こう言った。

「オレも、早く消してぇ」

その言葉を聞いて、義巳は、ああ、征児も忘れてないんだなあと思った。

征児もまた、早く彼女を作って、キスをして、あのイヤな記憶《きおく》を抹消《まっしょう》したいと思っているのだろう。

だけど、好きな子とキスをしたからといって、あのショックが消えるわけじゃない。

あれは、事故だ。犯罪だ。

そして、あのキスと、好きな子とキスをするのとは、まったく別なのだ。

それがわかっただけでも、義巳は、彼女《かのじょ》を作って良かったと思っている。

だから征児にもその経験を早くしてほしかった。そして、好きでもなんでもないヤツとのキスなんて、犬とするようなもんだよな、と笑いあえる日がくればいいなと……。

……って、なんでオレはこんなこと思いだしているんだ？

どうもさっきから、よけいなことばかり考えてしまう。

だいたい質問はなんだっけ？

ああ、友達と彼氏《かれし》、どっちを優先させるか、だ。

義巳は、さゆりんの気持ちを想像して、というより、自戒《じかい》をこめてこう入力した。

A　もちろん、友達優先。でも、彼氏が友達優先したら、ソッコー別れる。だって、いつも彼にとって、私が一番でいたいから。

そう、オレは友達より、いつだってさゆりん優先。

さゆりんのためにだけ、がんばる。

さあ、次だ、次。

## Q4

彼氏《かれし》が浮気《うわき》をしていたらどうしますか？　もしくは自分の浮気がばれたらどうしますか？


もちろん、さゆりんが浮気を許すわけがない。

そして義巳もまた、浮気したいなんて、考えたことはない。

こんなに好きなのに、浮気なんてありえない。

浮気……といえば、義巳にとって大学生の姉の彼氏、カズノリだ。

このカズノリという男、義巳は一度も会ったことがないのだけど、浮気ばかりしているダメ彼氏なのだ。

「カズノリのバカヤロー！」

そして、姉の啓子《けいこ》はカズノリに浮気されるたび、義巳をバッティングセンターにつきあわせる。

「おまえなんて、死んじまえー！」

バットを振《ふ》るたび大声で罵倒《ばとう》するので、つきあわされている義巳は、非常に恥《は》ずかしい思いをする。

「おまえなんて、火あぶりの刑《けい》だー！」

そして、ボールがバットにあたることがほとんどないので、ストレスはさらに増大するのだ。

「ちょっと、全然すっきりしないんだけど！」

なので、必ず、そのあとのカラオケにもつきあわされることになる。

その際、義巳はいっさい歌わせてはもらえない。啓子がひとりで歌い続けるのだ。

最初はシャウトできるような激しい歌から始まって、最後は涙《なみだ》を流しながらのバラードでしめる。

最長、六時間歌い続けたこともある。

そんなストレス解消に、もう、何度つきあわされたことだろう。

「あんたなんて、これくらいしか役に立たないんだから、ありがたく思いなさいよね」

そして、感謝されるべきなのに、このお言葉。

「もうさあ、別れればいいじゃん。男なんてほかにいくらでもいるだろう？」

「ヤダ」

だけど、啓子は絶対に別れない。

「なんでだよ」

すると、啓子は急にしおらしくなって言うのだ。

「好き、だから決まってるでしょ」

「浮気《うわき》されてるのに、かよ」

あきれてみせると、啓子はさらに口をとがらせて言うのだ。

「だって浮気だもん。本気じゃないもん」

そして、さらに自信なさげに続けるのだ。

「本気は、私だけだもん」

ここまでバカだと、義巳は黙《だま》って首を横に振《ふ》るしかない。

そしてさらにかなしいことに、血は争えないと確信するのだ。

義巳もまた、もしさゆりんが浮気したら、同じ言い訳をするだろうと思うから。

義巳は、ちゃんと自分のところに戻《もど》ってきてくれるなら、浮気ぐらいかまわないと思っている。

そして啓子は言う。

「それに、カズノリといると楽しいんだよ。全然飽《あ》きないし、毎日がすごくおもしろくなるの」

そうなのだ。義巳もまた、さゆりんといると楽しくてしかたないのだ。

素直《すなお》で、優《やさ》しくて、自分のことを好きでいてくれる子。

中学に入ったころは、そんな理想の彼女《かのじょ》を思《おも》い描《えが》いていたのに、実際につきあいだした
さゆりんは全然違《ちが》う。

わがままだし、優《やさ》しくないし、いっしょにいて、オレのことが好きなんだなあと、思える瞬間《しゅんかん》がまるでない。

それなのに、好きだなんて、バカだなあと思う。

こんなにさゆりんに惚《ほ》れているのだから、自分が浮気《うわき》をするなんて、ありえない。

そして、さゆりんもまた、浮気なんかするわけがない。

少しでもほかの男に気持ちが動いたら、それは浮気じゃなくて《本気》だ。

そしたら、ソッコーで振《ふ》られるんだろうな。

義巳は小さくため息をつくと、せつない気持ちで、回答欄《かいとうらん》にこう入力した。

A 彼氏《かれし》が浮気したらソッコーで別れる。自分の浮気もありえない。するなら、本気！

義巳はここにきて、この項目《こうもく》だけ異様に疲《つか》れる理由がようやくわかった。

どうしても、さゆりんと自分との関係を真剣《しんけん》に考えてしまうからだ。

いつもは考えないようにしていることを、考えざるをえないから、こんなにも回答に時

間がかかるのだ。

そして、最後にこの質問。

**Q5 今の彼氏《かれし》のほかに忘れられないひとがいますか?**

忘れられないひと。

それは義巳にとって、いちばんきかれたくない質問だった。

義巳とつきあう前、さゆりんが、剣道部《けんどうぶ》の湯原洋介《ゆはらようすけ》とつきあっていたのは知っていた。

だけど、部活が忙《いそが》しい湯原は、毎日のようにデートしたいさゆりんにつきあいきれず、それが原因で別れたというのも、うわさで知っていた。

そして去年の夏。義巳はクラスメイトに「恋人募集中《こいびとぼしゅうちゅう》の男女で、ディズニーランドに行くから来ないか」と誘《さそ》われ、参加したそのなかにさゆりんがいた。

前からかわいい子だと思って見ていたし、ダメもとで翌日にコクってみたら、いいよという返事がもらえて、つきあうことになったのだけど……。

義巳は、さゆりんはいまだに湯原のことが好きなんじゃないかと疑っている。

今はもう好きじゃないとか、あんなヤツ最低とか、さっぱりした顔で言ってくればいいのに、さゆりんは、絶対に湯原の話はしない。

だからこそ、怖《こわ》いのだ。

いっそ、あいつ、突然《とつぜん》、ポックリ死んでくれないだろうか。

義巳はおびえるあまり、ついそんな危険な願望を抱《いだ》いてしまう。

だってそうしたら、おびえなくてすむ……。

こんなにがんばらなくてすむ……。

ああ、だけどもしそんなことになったら……。

義巳は、母親の話を思いだした。

あれは、父親とバイクで北海道《ほっかいどう》を旅する若者を紹介《しょうかい》しているテレビを見ているときだった。

「いつかバイクの免許《めんきょ》を取りたいなあ」

義巳がなにげなくつぶやくと、父親が言った。

「バイクは、母さんが許さないと思うな」

「なんで?」

すると、父親は、母親は若いころ、つきあっていた彼氏《かれし》をバイクの事故で亡《な》くしていて、今でもそのひとを忘れられずにいるからだと説明した。

義巳は、天真爛漫《てんしんらんまん》なあの母親に、そんな劇的な過去があったなんてと、驚《おどろ》きを隠《かく》せなかった。

それと同時に、ある疑問が浮《う》かんだ。

「父さんは、それを知っていて結婚《けっこん》したわけ？」

「まあな」

父親はテレビを見たままぼんやりとうなずいた。

「イヤじゃなかったのかよ」

するとやはりぼんやりと言うのだ。

「しかたないよ。死んだヤツにはかなわないし」

死んだヤツにはかなわない。

義巳は、あのときは、聞き流したその言葉を思いだして首を振《ふ》った。

やっぱり湯原には、死なれちゃ困る。

絶対にかなわない相手になられては、困るのだ。

オレはあいつに、勝つ。そのためにも、このアンケートで、バッグを当てたい。

さゆりんに今の自分を好きになってほしいから。幸せな気持ちになってほしいから。

義巳は、希望をこめて回答欄《かいとうらん》にこう入力した。

A

今でも、モト彼《かれ》は忘れられないけれど、今の彼のほうが、私のことを大好きでいてくれるから、チョー幸せです。

そのあとも、義巳はさゆりんになりきってアンケートに取りくみ、最後に自分の住所と名前を入力した。

名前はあえて女子と思ってもらえるよう「よしみ」とひらがなにした。

男か女かわからないこの名前で良かったと思ったのは、生まれて初めてだった。

義巳は名づけてくれた親に感謝しながら、どうかバッグが当たりますようにと祈《いの》りつつ、送信ボタンをタップした。

# A1

## なにもかもが不安、だけど必ず、挽回《ばんかい》したい！

高本雅恵《たかもとまさえ》

高本雅恵《たかもとまさえ》が長い不登校のあと、学校に復帰したのが夏休みの補習から。最初は緊張《きんちょう》の連続だったけど、意外にも周囲にすんなりと受けいれられ、雅恵は夏休みが明けても、そのまま学校に通うようになっていた。

学校に復帰するにあたり、雅恵は《太っていることを気にしないキャラ》でいくのか、前みたいに《明るい元気なキャラ》でいくのか、迷っていた。

だけど、ふたを開ければ、どちらでもない自分がそこにいるという感じだった。

最初はみんな、はれものに触《さわ》るように接してきて、雅恵も気まずくてしかたなかった。

だけど、きかれれば、自分の太った身体《からだ》がイヤで不登校をしていたと素直《すなお》に白状したし、無理に明るく振《ふ》るまうこともしなかった。

すると、だんだんそんな雅恵にみんなが慣れてきたようで、ふつうに接してくれるようになった。

そして雅恵もまた、特別ほめられることも、けなされることもない毎日を、次第《しだい》に快適だと感じるようになっていた。

ただ、若林 武《わかばやしたけし》を見かけたときだけは、そういうわけにいかなかった。

若林武に恋心《こいごころ》を抱《いだ》いたとたん、自分の太った身体《からだ》が急にイヤになった。それで始めたダイエットに失敗したのがきっかけで、不登校になった。

だから若林を見ると、あのころ抱いた《こんな身体はイヤだ》という気持ちがどうしても復活してしまい、それが雅恵をつらくさせるのだ。

でもそれはあくまで想定内だったし、こんなことでくじけていたら、なんのために学校に戻《もど》ったのかわからない。

身体に対する疑問や不思議と真正面から向きあうような仕事につくという夢を実現させるために、高校に行きたい。だから、学校に戻ってきたのだと、雅恵は落ちこむたびに自分を叱咤激励《しったげきれい》した。

そしてあれから七か月たった今、雅恵はそんな《将来の夢》のためだけでは、本当の意味で学校に復帰できなかっただろうなとしみじみと感じていた。

雅恵が学校に復帰したのをいちばん喜んでくれたのは、不登校のあいだ、ずっと、メールを送り続けてくれた片瀬詩織《かたせしおり》だった。

しばらくして、雅恵はなにげなくきいた。

「詩織って、どうしてずっと私にメールくれてたの？」

すると詩織は言うのだ。

「うーん、うらやましかったからかな……」

「うらやましい？」

「うん、実はあれって、雅恵にっていうより《もうひとりの自分》に宛《あ》てたメールなんだよね」

雅恵は意味がわからなくて、首をかしげた。

「私、中学受験に失敗して、そのとき、もう中学なんて行きたくないって思ってたんだけど、でも、行かない勇気もなかったんだよね」

詩織が中学受験に失敗して、しかたなくこの公立の中学に進んだことは知っていた。

「それで不登校している雅恵を、勝手に《不登校しているもうひとりの自分》に見たてて、こっちの私は、こんなふうに生活してるって報告してるつもりで書いてたの。それを受けとった《不登校してる自分》はこれをどんなふうに読むんだろうって想像しながら、書いてたんだ」

だけど、それを引きずっているようには見えなかったし、いつも元気で、楽しく中学生活を満喫《まんきつ》しているように見えた。

「だから雅恵が学校来るようになって、嬉《うれ》しいんだ。《不登校していない自分》を肯定《こうてい》された気がして、がんばって学校に来てて良かったなって思えたから」

詩織はそう言って、照れくさそうに笑った。

「ごめんね、勝手な理由で」

雅恵も笑って、ううんというふうに首を横に振《ふ》った。

だってそのおかげで、不登校しているあいだの学校生活をかいま見《み》ることができていたし、学校に行こうという気になれたのだから。

それに、学校に戻《もど》ってからだって、詩織の存在は大きかった。

あれは、二学期になってすぐのことだ。

次の理科の時間のため、同じクラスの詩織とともに教室移動しているときだった。

「朝子《あさこ》！」

詩織が背の高い女の子に声をかけた。

雅恵はすぐに、いつも話に出てくる詩織の親友だとすぐにわかった。

前からなんとなくは知っていたけれど、ものすごくスタイルが良くてきれいなのに、不思議と目立たないおとなしい印象の子だった。

「この子が、私の親友の野崎《のざき》朝子。前に渋谷《しぶや》でモデル事務所にスカウトされたことがあるっていう話したでしょ？」

詩織はそう言って、朝子を雅恵に紹介《しょうかい》してくれた。

「ああ、ほんと、きれいだね」

それは、雅恵の素直《すなお》な感想だった。

「この子食べても太れないんだよ。けっこう深刻に悩《なや》んでるの」

「へえ、私からするとうらやましい悩みだなあ」

すると、野崎朝子が言った。

「私も、一年のころから、高本さんがうらやましくてしかたなかったんだ」

「えっ、なんで？」

驚《おどろ》きのあまり、雅恵はすっとんきょうな声をあげた。

すると朝子は恥《は》ずかしそうに言った。

「勉強も運動もできるし、性格も明るくていいなって……」

でも、太ってるよ。

そのとき雅恵はそう言い返したかった。

あなたがもしこの身体《からだ》だったら、耐《た》えられる？

モデル事務所からスカウトされるなんていうステキなこと、この身体だったら、絶対に起こらないよ。

だけど朝子のその言葉は、けして気遣《きづか》いやあわれみからくるものではなかった。

これはあとから知ったことだけど、朝子は《痩《や》せているより、太ってるほうが得だ》と本気で思っているのだ。

痩せすぎの身体を持つ朝子は、痩せているのに足が速いとか、性格がいいとはけして言われない。

だから、同じように特殊《とくしゅ》な体型を持つなら、痩せてるより、太っているほうが得。だから、うらやましい、と。

たしかに、雅恵は太っていることで、ほかの長所が過大評価されてお得だとは思ってきた。

だけど、それが誰《だれ》かにうらやましがられるほどのことだとは思っていなかったし、朝子が自分の痩せすぎの身体を心底イヤがっていることを知って、ようやく納得《なっとく》すると同時に、ますます身体のことってやっぱり不思議だなあと思うようになった。

そして、あれは十月のことだ。

秋の運動会に向けて、クラス対抗《たいこう》リレーの練習をしているときだった。

「その身体《からだ》で足が速いって、スゲーな」

同じクラスの熊田《くまだ》聡《さとし》が、そう言って雅恵に近づいてきた。

「そうだね。運動神経はいいみたい」

雅恵が素直《すなお》に認めると、熊田が言った。

「オレ、そういうギャップに弱いんだ。オレとつきあわない？」

雅恵はからかわれてるのだと思い、少し傷つきながらもテキトーにあしらった。

「へぇ、いいんじゃない？」

だけど熊田は、顔を真っ赤にさせてさらに言うのだ。

「いや、これ、マジなんだけど」

雅恵はこのとき、なにこれ、罰《ばつ》ゲームかなんか？　と思った。

デブに告白しろって、誰《だれ》かに命令でもされてるわけ？　と……。

そして、やっぱり太ったままだと、これからもからかいの対象になって、こういう目にあうのかなとつらい気持ちになった。

ところが次の日の朝だった。

「ねえ、昨日、熊田にコクられた？」

詩織に突然《とつぜん》言われて、雅恵は驚《おどろ》きながらうなずいた。

「あれ、マジだからね。私、熊田に相談されたんだもん」

雅恵は言葉がなかった。

「熊田に前から相談されてて、遠回しなこと言っても雅恵は気づかないから、直球投げろって私がアドバイスしてやったんだ」

つまり、熊田のあの告白は冗談《じょうだん》ではなかったのだ。

からかいでも、罰《ばつ》ゲームでもなく、本気。

「ちゃんと返事してあげなね」

「うっ、うん……」

雅恵は動揺《どうよう》を隠《かく》せず、うなずくのが精いっぱいだった。

そして結局、丁寧《ていねい》に「ごめんなさい」と断ったのだけど、雅恵はやっぱり身体《からだ》のことって、不思議だと思った。

太った自分の身体がイヤで、不登校までしたのに、そんな雅恵をうらやましいと言うひとがいたり、ギャップがいいとコクってくるひとまでいる。

こんなこと、部屋にこもっているときは、想像もしなかった。

あの日。
不登校明けのあの初日。
カウンセラーの先生から受けとったアンケートでこんなふうにきかれた。

**Q4** 学校生活を再開するにあたり、そのほか不安なことがあれば教えてください。

その質問に対して、雅恵はこう答えた。

**A** 高校に行きたいので、内申書《ないしんしょ》が心配です。これからは絶対にちゃんと学校に来るので、受験に失敗しない方法をいっしょに考えてほしいです。

雅恵はあのとき、高校進学のことしか考えなかった。
残りの中学生活には、なにも期待していなかった。完全にあきらめていた。
だけど、今なら、こう答えたい。

**A** なにもかもが不安、だけど必ず、挽回《ばんかい》したい！

高校に入れればそれでいい、じゃなくて、不登校していたぶんを、残りの中学生活と、その先にあるこれからの人生で、挽回《ばんかい》したい。

不登校なんてしていて、もったいなかった。

学校に復帰してつくづくそう思うから、あの固く閉めきっていたドアの中にいたままじゃわからなかったこと、知りえなかったこと、起こりえなかったことを、これからの人生で、取りもどしたい。

もちろん、不登校していたあの時間だって、大事な時間。

あの時間があるから、こういうことに気づけたのだろうし、本気で取りくみたい将来の夢も見つかった。

だからこそ、ここからがんばりたいのだ。

挽回、したいのだ。

「雅恵！」

校舎の外で友達が呼んでいる。

詩織と、朝子が待っている。

これから朝子のうちで、「入試直前、激励《げきれい》女子会」をすることになっているのだ。

「今行くー！」

雅恵はそう叫《さけ》びながら、靴箱《くつばこ》で急いで靴を履《は》きかえた。

すると、少し離《はな》れた靴箱に若林武の姿が現れた。

雅恵はドキリとして、あわてて目をふせた。

あれ……。

だけどそのとき、雅恵は自分の小さな異変に気づいた。

相変わらず、つらい気持ちがよみがえって、胸は痛む。この太った身体《からだ》を、憎《にく》いと思う。

だけど、その痛みが以前よりもずっと弱くなっていることに、気づいたのだ。

雅恵は顔を上げると、もう一度、若林武をちらりと見た。やっぱり胸は痛む。だけど、前はもっと痛かった。もっと苦しかった。こんなものじゃなかった。

雅恵は、こんなふうにだんだん平気になってくるのかなと思った。

時間がたつにつれて、あのころの苦しくてつらい気持ちを忘れていくのかな、と……。

「早くおいでー！」

校門を出たところで、詩織と朝子が早く早くと、手招いている。

雅恵は急いで校舎から飛びだした。

冷たい風が、雅恵の頬《ほお》をなでる。だけど陽射《ひざ》しは優《やさ》しくうららかで、もうすでに春がきている感じの陽気だ。

雅恵は大きく息を吸うと、うきうきした気持ちで、待っていてくれるふたりのもとへと駆《か》けだした。

A2

## 片思いだけど、オレは彼女《かのじょ》のことをもっと知りたい！

増田征児《ますだせいじ》

高校の入学試験は、数週間後にせまっていた。

ああ、孤独《こどく》だ。

人生初の試練を前に、征児《せいじ》は、しみじみとそう感じていた。

それなのに、親友の中瀬義巳《なかせよしみ》はつきあってる彼女《かのじょ》と励《はげ》ましあっているらしく、やけに楽しそうだ。

「だけど、最近、ＬＩＮＥ《ライン》してもスルーされることが多くて、なんかあんまり相手にしてくんないんだよぉ」

そんな愚痴《ぐち》だって、孤独な征児にとってはのろけにしか聞こえない。

ああ、オレにも彼女がいたらなあ……。

征児は今、彼女《かのじょ》のいる義巳がモーレツにうらやましくてしかたがなかった。

もし、彼女がいたら、やる気が全然違《ちが》うだろうなあ……と思うのだ。

いっしょに図書館で勉強して、くだらない話で気分転換《てんかん》して、不安を口にすれば「がんばって」と見つめられて、それから……。

あれは、義巳に彼女ができて、しばらくたったころだ。

「もう、チューしたか」

なにげなくきいたら、義巳は自慢《じまん》げにうなずいた。まさか、そういう返事がくるとは思わず、征児は思わずこう返してしまった。

「いいなあ……オレも、早く消してぇ」

この言葉には自分でも驚《おどろ》いた。

小五のころ、道案内のお礼に女のひとに突然《とつぜん》キスをされた、あの事件。

自分では引きずっているつもりはなかったけれど、思わずそんな言葉が飛びでてしまう程度には、忘れていなかったらしい。

だけど！

自分は断じて、そんな目的で彼女が欲《ほ》しいわけじゃない。

まあ、そりゃあ、そうなったら嬉《うれ》しいし、やっと消せたって思えるだろう。

だけど今、自分が欲《ほ》しいのは、《励《はげ》ましてくれるひと》だ。

優《やさ》しく「がんばって」と言ってくれるひと。

そしてもちろん、それは、好きな子がいい。

好きな子にたったひと言でいいから、笑顔《えがお》で「がんばって」って言ってもらいたい。

そうしたら、元気百倍だろう。今日から、一睡《いっすい》もしないで、勉強しまくれるはずだ。

だけどそんなラッキーが、突然《とつぜん》舞《ま》い降《お》りてくるわけもなく、征児のやる気はいっこうに頭をもたげない。

そして、考えた苦肉の策。

征児は、勉強机の前に、大好きなモデル、若菜真希《わかなまき》のポスターを貼《は》ってみることにした。

今まで、いかにもこういう女の子が好きですと公言しているようで控《ひか》えていたけど、そんなことは言ってられない。

これで壁《かべ》を見上げれば、いつでも若菜真希が優しく笑いかけてくれる。

その笑顔を見るだけで、しみじみと癒《い》やされる。

真希ちゃん、オレ、がんばる。

真希ちゃん、オレ、やるぜ。

真希ちゃん、オレに力を……。

だけど見上げるたびに、そう話しかけたところで、彼女《かのじょ》は同じ笑顔《えがお》で笑いかけてくれるだけだ。

あたりまえだけど、なんの言葉も発してはくれない。

そしてそんな征児に、話しかけてきたのは、このひとだった。

「おまえ、この子が好きなのか？」

父親。

「好きっていうか、まあ、タイプだね」

征児は、素直《すなお》に認めた。

「そうか、そうなのか……」

すると、なんと父親は、目をうるませて言うのだ。

「まあ、でも、父さんはどっちでもいいからな」

どっちでもいい……？

そこで征児は、思いだした。

いつだったか、父親が征児にエロ本を渡《わた》そうとしてくれたことがあったのだ。

そして征児が断ると、ある日、手紙らしきものが勉強机に置かれていた。

《父さんは、おまえが男を好きでも、かまわないからな。いつでも、相談に乗るぞ》

あれ以来、ほったらかしにしたままだったけれど、父親はずっと誤解したままだったのだろう。

まあ、誤解が解けて良かったけれど、やはり口をきいてくれないポスターに話しかけるのはむなしいばかりだ。

ああ、誰《だれ》かに、励《はげ》ましてほしい。

がんばってって、言ってほしい。

そうじゃないと、やる気になれない。

どうにもならなくて、思わず中瀬に愚痴《ぐち》をこぼすとヤツは言った。

「じゃあ、コクっちゃえよ」

「だっ、誰に、だよ」

「おまえの本命。野崎朝子《のざきあさこ》」

ズキリと心が痛む。

こいつ、覚えていたのか……。

一年のとき、ポロッと言ったきり、それ以降いっさい名前を出したことはなかったのに……。

そう、征児には、ちゃんと《好きな子》がいるのだ。

同じクラスの野崎朝子。

若菜真希に似ていて、もろタイプだ。

だけど同じクラスだった一年のとき、そのことを言いたいがためにへたを言って、彼女《かのじょ》を傷つけてしまったので、再び同じクラスになったとはいえ、いまだに挨拶《あいさつ》さえできない仲だ。

「そんなの、できねーよ」

「なんでだよ」

「こんなチビ、相手にしてくれるわけねーだろ？」

そう、征児には、彼女を傷つけた過去があるだけじゃないのだ。背の高い彼女と征児の身長差は、十センチ以上。こんなチビ、相手にしてもらえるわけがない、というより、征児自身が自分のほうが背が低いというコンプレックスがあり、とてもコクる勇気が出ないのだ。

振《ふ》られてもショック。万が一うまくいっても、並んで歩くのはつらい。

そんな理由で、征児は今まで、野崎朝子を避《さ》けてきたのだ。

「バッカじゃねーの。そんなの気にしてんのかよ。このまま、卒業して会えなくなったら、もうチャンスはないんだぞ」

たしかに……。

もう、教室で楽しそうに笑っている彼女《かのじょ》を見られなくなるだけじゃない。

廊下《ろうか》で、校庭で、通学路で、彼女を見かけることはできなくなるのだ。

だけど、いきなり、好きですとコクる勇気は、やっぱり出ない。

せめて友達くらいでもいいんだけどな。

そこまでいかなくても、気軽に挨拶《あいさつ》ができる関係くらいでも……。

そこで、征児はハッとした。

そうか……。

まずは、そこからなのだ。

彼女を傷つけた過去があるから、いまだ挨拶さえできないのだ。

ということは、まず乗《の》り越《こ》えるべきハードルは《嫌《きら》われてる》から、《ふつうのクラスメイト》だ。

すでに残り少ない中学生活だけど、ただのクラスメイトとして、せめて挨拶くらいできる関係を目指す。

うおー、なんでもっと早く気づかなかったんだー。

コクって振《ふ》られたときのこととか、もしうまくいったらなんて、先を見すぎていた。

だからこんな簡単なことに気づけなかったのだ。

オレのバカバカバカバカー。

とにかく、躊躇《ちゅうちょ》している暇《ひま》はない。

今だ。

今すぐ、やらなくて、いつやるんだ。

それで征児は、意を決して、さっそく、それを実行することにした。

「野崎」

その日の朝、征児は靴箱《くつばこ》で彼女《かのじょ》を待《ま》ち伏《ぶ》せして、廊下《ろうか》を歩きはじめたところで声をかけた。

「あの、ずっと謝《あやま》りたかったんだけど、一年のとき《ゴボウ》ってあだ名つけてゴメンな」

あのときだって、いちおう謝ってはいた。

「オレ、若菜真希っていうモデルのファンで、その子が小さいときそう呼ばれてたってラジオで聞いて、だから、あの、全然悪口のつもりじゃなかったんだ」

だけど、どうしてそんなあだ名をつけたのか説明はしていなかったので、まずはそれを話そうと思ったのだ。

するると野崎朝子は、立ちどまって言った。

「知ってる」

「えっ？」

「若菜真希のこと……今は私もファンだよ」

「そうなの？」

征児は思ってもみなかった展開に、驚《おどろ》くばかりだった。

「痩《や》せすぎで、背が高すぎるのが、昔はすごくイヤだったたってとこ、私と似てるから」

「そうなんだ……」

征児は驚きで、ぼんやりとただ空返事《からへんじ》をすることしかできなかった。

「私もそういうの克服《こくふく》したいし、克服してモデルやってる彼女《かのじょ》のこと、今は尊敬してるんだ」

「あっ、わかる、それ」

征児は嬉《うれ》しくなって言った。

「オレも背が低いのコンプレックスで、でも、本当はそんなの気にしたくないっていうか、克服したいからさ」

「でも、バレー部で活躍《かつやく》してたじゃん」

「えっ?」

「セッターで、キャプテンだったでしょ?」

「ああ、うん……」

驚《おどろ》いたことに、彼女《かのじょ》は征児がバレーボール部のキャプテンだったことどころか、ポジションがセッターだということまで知っていた。

「セッターって、背が小さいほうが格好《かっこ》いいよね」

格好いい?

「高校でも、バレーボール続けるの?」

「うっ、うん、たぶん……」

どぎまぎと征児がうなずくと、野崎朝子が言った。

「がんばってね」

彼女はそう言うと、じゃあ行くねっていう感じの笑顔《えがお》を見せて、歩きだした。

ひとり残された征児は、今のやりとりをもう一度、頭の中で再生させた。

「セッターって、背が小さいほうが格好いいよね」

そして最後の、言葉。

「がんばってね」

征児は、その場で奇声《きせい》をあげた。

「ヒャッホー！」

廊下《ろうか》にいるすべてのヤツが、そんな征児に冷たい視線を送っていたけど、まったく気にならなかった。

これだよ。

これが、欲《ほ》しかったんだよ。

好きなひとからの、この言葉。

なんて自分は幸せものなんだと、征児は神様に感謝したい気分だった。

そして、彼女《かのじょ》のことをなんにも知らなかった自分にあきれた。

ずっと、背の低い自分にコンプレックスを感じていたけど、彼女もまた、自分の体型にコンプレックスを感じていて、だからこそ、今は若菜真希が好きだという。

オレはいったい野崎朝子のどこを見ていたんだ。

なんにも知らないじゃないか。

なんにも……。

前に、なんかのアンケートできかれたとき、征児はこう答えた。

Q3 あなたは現在、恋愛《れんあい》していますか？　片思いでもかまいません。そのひとのどんなところにひかれますか？

そしてあのときはこう回答した。

A 片思いだけど、彼女《かのじょ》の個性的な顔と、自分よりかなり背が高いところが好きです。

だけど、今なら、こうだ。

A 片思いだけど、オレは彼女のことをもっと知りたい！

見た目じゃない、彼女のことを知りたい。
ただのクラスメイトでいいから、もっとちゃんと話がしたい。
なにをしているときに嬉《うれ》しいのか、楽しいのか、かなしい気持ちになるのか。
家族のこと、将来のこと、なにもかも、知りたい。全部、知りたい！
そう考えたら、この先が楽しみで、征児は高ぶる気持ちを抑《おさ》えられなかった。

「よーしっ、よーしっ、よっしゃー！」

この超嬉《ちょううれ》しい展開に征児は、おとなしくなんかしていられなかった。

「よーしっ、よーしっ、よっしゃー！」

征児はこぶしをつきあげて、両腕《りょううで》を伸《の》ばしたガッツポーズをその場でひとり繰《く》り返《かえ》した。

「おまえ、なにひとりで興奮してんだよ」

気づくと、中瀬義巳が、けげんな顔で横に立っている。

「義巳ちゃーん！　報告、報告〜！」

征児は思わず、義巳に抱《だ》きついた。

「なんだよ、オメエ、気持ちわりーよ」

だけど征児はイヤがる義巳を抱きしめ続けた。

野崎朝子のつもりで、ギューッと強く抱きしめ続けた。

## A3 どこにも逃《に》げない強い自分を作るため

波多野由里《はたのゆり》

「おっ、やってるねぇ」

波多野由里《はたのゆり》が塾《じゅく》に早めに来て勉強をしていると、若林《わかばやし》武《たけし》が参考書をのぞきこんで言った。

「ちょっと、勝手に見ないでよ」

由里はその顔を手で払《はら》いのけると、そのまま勉強を続けた。

事前に同じ中学の子がいないかどうか問い合わせて入った塾なのに、入ってみたらなんと同じ陸上部の若林武がいた。

塾長が、若林のおばさんに当たるひとで、それでここに通っているらしいのだ。

由里は塾長に話が違《ちが》うと抗議《こうぎ》しようとしたけれど、この塾を選んだ理由として〈小規模で丁寧《ていねい》に見てもらえそうだから〉と初日のアンケートで回答してしまったので、文句が言えなかった。

まあでも、若林は男子だし、べつにうまくやる必要はないと判断して、由里はこの塾《じゅく》に通い続けることにした。

しかし、元来お調子者の若林は、気軽に話しかけてくるうえに、冷たい態度を取ったところでひるまない。

ウザいヤツといっしょになっちゃったなあ、と由里は正直うんざりしていた。

だけど悪いことばかりでもなかった。

「若林くん。飴《あめ》、食べる？」

由里の隣《となり》で同じように予習をしていた佐竹空美《さたけそらみ》が、若林に飴をさしだす。

「うん、食べる」

若林が嬉《うれ》しそうにそれを受けとって、口に放りこんでいる。

佐竹空美。

中学が違《ちが》う彼女《かのじょ》とは、この塾で初めて出会った。

「由里も食べる？」

「味は？」

「ゆず」

「じゃあ、いいや」

これが学校の友達なら、どんな味だろうと「ありがとう」と飴《あめ》をもらうのが由里のやりかただ。

相手の親切を断って、嫌《きら》われたら困るから。

だけど、ここではそういう気遣《きづか》いはしないことにしていた。

この塾《じゅく》に入るときに、そう決めたからだ。

ここではウソはつかない。どんなときでも、素《す》の自分でいる。

たかが、飴玉ひとつのことでも、ウソはイヤ。それで嫌われるなら、それでかまわない。

だけど、佐竹空美は、そんな由里に興味を持ってくれた。

しかもそのきっかけが、若林の存在だった。

「波多野さんって、学校でもこうなの？」

あるとき、由里が若林を冷たくあしらっているところに、彼女《かのじょ》が話しかけてきたのだ。

「うーん。オレ以外には、優《やさ》しいと思う。特に女子には優しいよな」

若林がそう答えるのを見て、由里はきっぱりと言った。

「そう。特に女子にはね。うまくやるために、優《やさ》しくするようにしてるの」

すると空美が、パッと顔を明るくして言った。

「わかるー。学校の友達とはうまくやんないといけないもんね。特に女子とはね」

そんな反応が返ってくるとは予想してなくて、由里は呆然《ぼうぜん》と彼女《かのじょ》を見つめた。

「私も話合わせるために、その俳優私も好きとか、けっこうウソ言っちゃうんだよね」

由里は驚《おどろ》きで声にならず、うなずくのが精いっぱいだった。

「でも、そういうの必要なウソだって思ってるから、まあいいかなあって。それがきっかけでいじめられたりするのバカバカしいし」

「だよね！」

由里は、彼女の言葉に大きくうなずいた。

そう、なにもいつもいつも本音じゃなくていいのだ。

うまくやるために《必要なウソ》もある。

使い分けていいのだ。

由里はそんな彼女の言葉に、救われた気持ちだった。

すると、そんなふたりのやりとりを聞いていた若林が、顔をしかめた。

「怖《こわ》いねー、女子の本音だねー」

そう言って肩《かた》をすくめて離《はな》れていく後ろ姿を見て、由里と空美は顔を見合わせて笑った。

その日から、由里にとって空美は大事な友達になった。

志望校も偶然《ぐうぜん》いっしょで、高校でもこんな調子で過ごせたらと、期待に胸を膨《ふく》らませている。

そうして、松葉高校《まつばこうこう》の入試本番を数日後に迎《むか》えようとしている今、由里はあらためて思うのだ。

この三年間、ずっと、受験のことばかり考えてきたのは、どうしてだろう、と。

どうして自分は、中学の入学式も迎えない前から、松葉高校合格を目標に塾《じゅく》に行きだすほど、高校受験のことばかりを考えて過ごしてきたのだろう、と。

あのころ……そう、たぶん六年生の後半くらいのことだ。

中学受験をしない子たちは、自分たちが行くことになる隣《となり》の中学のうわさ話ばかりしていた。

そして、その話は、暗いものばかりだった。

部活で先輩《せんぱい》にしごかれるとか、不登校になる生徒が多いとか、いじめを苦に自殺しかけた子がいるとか……。

そんな話ばかり聞かされて、由里は心配になったり、怖《こわ》くなったりで、これから迎《むか》える中学校生活に不安しか持てなかった。期待で胸を膨《ふく》らますことが、まるでできなくなってしまった。

それで、目標を憧《あこが》れの松葉高校合格と定めて、中学の三年間をその助走期間にしようと決めたのだ。

中学生活を飛《と》び越《こ》えたその先にある、高校生活に期待することにしたのだ。

由里がこの塾《じゅく》に入ったとき、最初に書かされたアンケートで、こんな質問があった。

Q4 あなたにとって、勉強とはなんのためにするものですか？

そしてこのとき、由里はこう回答した。

A 受験を乗り越えるため。

由里は、中学に入学してからずっと、受験を乗り越えることしか考えてこなかった。

勉強とは、そのためだけにするものだった。

だから部活も友達も、中学生活を円満に『乗《の》り越《こ》える』という基準でしか選んでこなかった。

部活は、やってみたかったバスケットボール部ではなく、憧《あこが》れの白石先輩《しらいしせんぱい》がいるという理由で陸上部にしたし、クラスではつねに自分を抑《おさ》えて、いじめに関係なさそうな地味なグループにいるようにして、そのほかの時間は勉強に費《つい》やした。

そのおかげか、由里の中学生活は、先輩にしごかれることも、いじめられることもなかった。

そして無事、松葉高校に合格すれば、由里の中学生活はある意味、百点満点だったと言えるだろう。

だけどこの塾《じゅく》に入ったとき、由里の中学生活は、もう限界を迎《むか》えようとしていた。

受験を乗り越えるための仲間が、欲《ほ》しい。

不安も不満も心のままにぶちまけられる、誰《だれ》かが欲しい。

もう、ひとりじゃがんばれない。

だから、受験まであと四か月しかないという三年の秋になって、この塾に入ったのだ。

本音を言えば嫌《きら》われるかもしれない。

学校でそんなリスクはおかせないから、同じ中学の子がいないはずのこの塾で、仲間を探せないかと期待したのだ。

そんな背水《はいすい》の陣《じん》で臨《のぞ》んだ新しい塾《じゅく》で、由里はラッキーにも佐竹空美という友達を得た。

由里は、本音を話せる友達がいるというのは、こんなにも気分がいいものなのかと、今まで感じたことのない喜びを味わっている。

だからこそ、思うのだ。

もし学校でも、素《す》の自分でいたらどうだっただろう、と。

案外、それでもうまくやれたんじゃないかな、と。

誰《だれ》かとぶつかって、学校に行きたくないと思うこともあったかもしれない。

イヤな思いもたくさんしたかもしれない。

だけど、佐竹空美みたいに、本音を言える友達が、ひとりくらいは作れたかもしれないと思うのだ。

誰にも嫌《きら》われないってことは、誰にも好かれないってことだ。

この三年間、由里は誰かにうんと嫌われることがなかったけれど、うんと好かれることもなかった。

うんとかなしいことも、うんとつらいこともなかったけれど、うんと楽しいことも、うんと嬉《うれ》しいこともなかった。

もし、やってみたかったバスケットボール部に入っていたら、きびしいコーチや先輩《せんぱい》にしごかれて、レギュラー争いでイヤな思いをしたり、苦しい練習にもうバスケなんて嫌《きら》いと思うこともあったかもしれない。

だけど、試合に勝つ喜びを味わえたかもしれない。

楽しい！　私、今、生きてる！　っていう充実感《じゅうじつかん》を、味わえたかもしれない。

そんな、青春を送れたかもしれない、と思うのだ。

だから今度の三年間は……と今、思うのだ。

もう《受験を乗《の》り越《こ》えるため》だけの勉強はやめよう、と。

憧《あこが》れの松葉高校に入学したところで、本当に期待どおりの生活が待っているかはわからない。

それだけは、入ってみなければわからない。

だけどもし失望するようなことがあっても、今度は『次の大学生活に期待して勉強に打ちこむ』なんてことだけはしないようにしたいと思うのだ。

もう、未来に逃《に》げない。

なにかに本気で取りくんだり、誰《だれ》かと本音でつきあって、泣いたり、笑ったり、怒《おこ》ったり、喜んだりしながら、自分の進むべき道を見つける。

そんな三年間にしたいと思うのだ。

だから今度、なんのために勉強するのかときかれたら、由里はこう答えたいと思っている。

A　どこにも逃《に》げない強い自分を作るため。

今度は、受験のための《勉強》とは違《ちが》う《勉強》もちゃんとする。

たとえば試合に勝つための部活に入ってみるとか、夏休みに短期留学してみるとか、自分には向いてなさそうなアルバイトをあえてしてみるとか……。

いろんな経験を重ねて、自分を強くしたい。どこにも逃げない自分を作りたい。自分を前に進めるために、いろんなことを学びたい。

それがきっと、これからの人生で戦うための《武器》になると思うから。

「あー、女子ってほんと怖《こわ》いよね。特に、波多野は怖い。オレ、第一志望が男子校で良かったわ」

そんな由里のそばで、若林がしつこくふざけてみせる。

「とか言って、本当に怖いならもうちょっと由里から離《はな》れたら？　若林くんの席向こうでしょ？」

空美がおかしそうに笑いながら言うと、若林がおどけて言った。

「そうなんだけど、なんか、引き寄せられちゃうんだよね。なんでかな？」

「自分でわかってるでしょ？」

空美があきれ顔で言うと、若林は素直《すなお》にうなずいて言った。

「うん、わかってる。なんか、こういうズバッと言ってくるとこがいいんだよね」

由里はそう言って笑う若林を、前はなんとも思わなかったというより、思わないようにしてきた。

同じ部活だからといって、なにかと話しかけてくる若林は、ずっとウザいだけだった。へたに相手にして、仲がいいと誤解されたら困るから、とにかく冷たくあしらうようにしてきた。

だけどもう、やめよう。

由里は、若林を見て言った。

「私も、あんたのそういう素直な性格、けっこう好きだよ」

思わぬ言葉に、若林が顔を真っ赤にしてかたまる。

そんな若林を見て、由里と空美は顔を見合わせて笑った。

これからはもう、男子には嫌《きら》われるぐらいで、ちょうどいいなんて思わない。

素直《すなお》な気持ちを、ちゃんとぶつける。

たとえば、もし若林と仲良くなるようなことになったら、意外にもてるから、敵を作ることになるかもしれない。

だけど、もう、怖《こわ》がらない。

これからはちゃんと、逃《に》げずに向きあいたい。

「覚悟《かくご》しとけよ、若林」

由里は、心の中でこっそりつぶやくと、そのまま参考書に戻《もど》った。

すがすがしい気持ちで、次の問題に取りくみはじめた。

# A4 彼氏《かれし》のイヤがる服は着ません！

中瀬義巳《なかせよしみ》

中瀬義巳《なかせよしみ》が第一志望の高校の合格発表を見て最初に連絡《れんらく》した相手は、親でも、学校の先生でもなく、彼女《かのじょ》のさゆりんだった。

「おめでとー、良かったねー。でね、今日、これから会えるかなあ。大事な話があるんだ」

義巳はもちろん、即《そく》、会う約束をした。

なんだろうなー。

合格祝いとか、用意してくれてんのかなー。

それって、なにかな。すっごい、サプライズかなー。

義巳は、心を躍《おど》らせてさゆりんとの約束の場所に向かった。

今思えば、『躍《おど》らせて』というより、必死で自分の心を鼓舞《こぶ》させていただけだ。

なんとなくは、わかっていたのだから。

イヤな予感は一か月前からあったのだから……。

その兆候は、まずさゆりんの髪型《かみがた》にあらわれた。

いつも長い髪を、さらさらと背中にたらしていたのに、突然《とつぜん》、ポニーテールになったのだ。

「だって、このほうがすっきりするし。清潔感って大事でしょ？」

さゆりんは髪型を変えたことを、そんなふうに説明していた。

それまでさゆりんは、体育の時間やダンス部のレッスンでも、髪を結ぶことはしなかった。

「だって、髪にあとがつくじゃない？　それってさらさらヘアが台無しだもん」

そう言ってかたくなに髪を結ぶことを拒否《きょひ》してきたのに、どうしたのかなとは思った。

だけど、ポニーテールのさゆりんがかわいくて、義巳はただ「似合う、似合う」と喜んでほめたたえていた。

そのあとすぐ、今度はパステルカラーが多かったさゆりんの私服が、紺色《こんいろ》やグレーや白に変わった。

続いて、そばにいるといつも鼻をくすぐってきた、あの甘《あま》いフレグランスの香《かお》りがしなくなった。

そしてここ二週間くらいは、完全にLINE《ライン》のスルーが続いて、電話をかけてもまったく出てくれなくなっていた。

それでも会えば、「ごめんね、忙《いそが》しかったの」と笑顔《えがお》で言うから、義巳も気にしないようにしてきた。

入試本番前だし、勉強で忙しいのだろうと、納得《なっとく》するようにしてきた。

そんなふうに、いいほうにいいほうに、自分の気持ちを仕向けてきたのだ。

へんに疑ったりしないよう、努力してきたのだ。

「あのね、大事な話っていうのはね……」

そして、イヤな予感はみごと的中していた。

合格が決まったその足で向かった待ち合わせの公園で、さゆりんから受けた告白を、義巳はただ呆然《ぼうぜん》と聞くしかなかった。

義巳とはもう別れたいこと。

前の彼氏《かれし》である、湯原洋介《ゆはらようすけ》とよりを戻《もど》したいこと。

実はもう、湯原からは卒業したら、よりを戻してもいいと言われていて、今度は嫌《きら》われないように、自分なりの努力をしている途中《とちゅう》であること。

だけど義巳に別れを告げるのは、お互《たが》いがちゃんと受験を乗《の》り越《こ》えて、合格してからにしようと決めていたこと。

しくしくと泣きながらそう告白するさゆりんの隣《となり》で、義巳は黙《だま》って話を聞いていた。

だから髪型《かみがた》や服装や香《かお》りが変わったのかと、ひとり納得《なっとく》していた。

さゆりんの好みが変わったわけじゃない。

湯原の好みの女の子に、自分を近づけようとしているのだ。

さゆりんは、好きなひとのために、自分を変えようとしているのだ。

Q2 あなたは、自分の好きなファッションと、彼氏《かれし》が好きなファッション、どちらを優先しますか?

以前、さゆりんになりきって答えた雑誌のアンケートに、義巳はこんな回答をした。

A もちろん、自分の好きなファッションが優先。でも、彼氏はなにを着てもかわいいって思ってくれているから、ノープロブレムだよーん。

だけど、正解は違《ちが》う。

本物のさゆりんなら、こう答えるはずだったのだ。

A 彼氏《かれし》のイヤがる服は着ません！

本当に好きなひとのためなら、さゆりんは、服も、髪型《かみがた》も、香《かお》りも、変えるのだ。けして、自分のファッションを、優先したりしない。

髪型はポニーテール、服は清楚《せいそ》なお嬢様風《じょうさまふう》、そしてフレグランスはNG。

湯原は、そんなおとなしめの女の子がタイプなのだろう。

そして今、さゆりんはそのタイプに近づこうと必死なのだろう。

義巳は、さゆりんの長い言い訳が終わると言った。

「うん、わかった」

「今までありがとう」

そんな感謝の言葉までつけ加えた。

義巳は、怒《おこ》ったり、泣いたり、未練がましく引き留めようとせず、さっぱりと別れを受けいれた。

その潔《いさぎよ》さは、なんてえらいんだと自分で自分をほめてやりたいくらいだった。

しかしその日以来、義巳はからっぽになった。

学校には通っているけど、さゆりんと湯原がいっしょにいるのを見たら死んでしまいそうなので、うつむいてばかりだし、受験が終わって卒業旅行だ、思い出作りだと盛りあがるクラスメイトたちをよそに、ひとりどんよりとした気分で過ごしている。

「おまえ、暗いよ。つらいのわかるけど、暗すぎるよ」

親友の増田征児《ますだせいじ》はそう言うけど、自分ではどうすることもできなかった。

「女はさゆりんだけじゃないしさ。高校行ったらもっとかわいい子がいるって」

そんなありきたりなことしか言わない征児に対して、あきれたり怒《おこ》ったりする気力もわかなかった。

ただひたすら、放心状態で過ごすだけの日々が続いていた。

そんなある日、義巳に宅配便が届いた。

段ボール箱を開けると、バッグが出てきた。

それは、さゆりんにプレゼントするつもりでアンケートに答えたあの景品だった。

狙《ねら》っていた超高級《ちょうこうきゅう》バッグがみごとに当たったのだ。

今となってはなんの役にも立たないそのバッグを前に、義巳はやはり呆然《ぼうぜん》とするばかりだった。

だけど、こんなのが部屋にあったら、あのアンケートを回答していたときの気持ちを思いだしてせつなくなるばかりなので、義巳はそれを姉の啓子《けいこ》にあげることにした。

啓子はそのバッグを見ると、悲鳴をあげた。

そして、なぜこんな高級バッグが手に入ったのか、事情聴取《じじょうちょうしゅ》を始めた。

啓子の尋問《じんもん》に、あいまいな返事や、ごまかしが許されるわけもなく、義巳はしぶしぶ事実を話した。

だからもうこのバッグはいらないし、使うなり、友達にあげるなり好きにしてほしいと言うと、啓子は気の毒そうな顔で義巳を見つめて言った。

「事情はわかった。じゃあ、遠慮《えんりょ》なくもらうわよ」

義巳は、このバッグが自分の部屋から消えてくれてホッとした。

すると数日後。

「ほら、これから出かけるわよ」

啓子が義巳の部屋に来て言った。

「カズノリが彼女《かのじょ》に振《ふ》られた義巳を励《はげ》ましたいんだって。次の恋《こい》のために《いい男》にしてあげるってはりきってんのよ」

カズノリとは、啓子の浮気癖《うわきぐせ》のある彼氏《かれし》だ。

そんなヤツに励《はげ》まされたくないし、なによりめんどうなので義巳は丁寧《ていねい》に断った。

するると、啓子はムッとして言った。

「はあ？　あんた、私の誘《さそ》いを断る気？」

「いや、でも、ほんといいんで」

「ねえ、お姉さまが誘ってるの。私の大好きな彼氏《かれし》が、はりきってるのよ。断るとかありえないから」

傷心の身であっても、命令に逆らうことなど許されるはずがなく、義巳はしぶしぶ出かけることにした。

そうして啓子とともに、待ち合わせ場所の渋谷《しぶや》に出向くと、そこにはあのカズノリが待っていた。

「おお、きみが義巳くんかぁ」

カズノリは、何度浮気《うわき》されても啓子がしがみつくだけあって、なかなかのイケメンでおしゃれだった。

ジーンズに、シャツに、ダウンコートと、これといって特別な格好をしているわけじゃない。

それなのに、似たような格好をしている義巳と、あきらかに違《ちが》っていた。

イケメンだから、そういうふうに見えるだけか？

義巳がひそかに首をひねっていると、カズノリが言った。

「いやあ、義巳くん、このままでもなかなかいい男だよ。でも、オレがもっとおしゃれな男にしてやるからね。まずはヘアスタイルから変えよう」

義巳は、へんな髪型《かみがた》にされたらどうしようと思いながら、それでも姉の手前断るわけにもいかず、なるようになれという気持ちで素直《すなお》にその指示に従った。

そうして連れていかれたヘアサロンは、いつも行ってる床屋《とこや》とは大違《おおちが》いのおしゃれな空間で、切ってくれるお兄さんもやたらイケメンだった。

さっそく席に座《すわ》って髪を切ってもらうと、かなり短髪《たんぱつ》にされたけど、まあ、特別変わった髪型になったというわけでもなく、義巳は心底ホッとした。

それが終わると、今度は原宿《はらじゅく》に移動して、ネイルサロンで、丁寧《ていねい》に爪《つめ》を磨《みが》かれたあと、次のエステサロンで、入念な顔のマッサージが始まった。

義巳は、これがいい男のすることか？　と思いつつ、逆らうのもめんどうなのですべてされるがままになっていた。

ああ、だけど……。

もしさゆりんとつきあい続けていたら、こういうのもおもしろいと思えたのかもしれないな。

顔をマッサージされながら、義巳はふと考えた。

磨《みが》かれた爪《つめ》を見せて爆笑《ばくしょう》されたり、顔を触《さわ》られて「ほんと、つるつるー。いいなあ、私もやってもらいたいなー」なんて言われたり……。

するとさゆりんの笑顔《えがお》がふいに脳裏《のうり》に浮《う》かんで思わず涙《なみだ》がでそうになった。

そして、こういうのを傷口に塩を塗《ぬ》るっていうんだろうなと、啓子を恨《うら》めしく思った。

一方、カズノリと啓子はノリノリだった。

「さあ、次は、服だな」

「この子、毎日、同じシャツ着てんのよ。ほんと、しゃれっ気ないのよ」

「もったいない。背も高いしこんなにスタイルもいいのに」

「そうなのよ。私の弟だけあって、もとは悪くないのよ」

楽しそうに盛りあがってるふたりを見て、義巳はまだ解放してもらえないのかと、途方《とほう》にくれた。

そうして連れていかれたのは、カズノリのお気にいりだという青山《あおやま》のメンズブティックだった。

そこは、地元の量販店《りょうはんてん》とは違《ちが》って、なんだか見慣れない服ばかりが並んでいた。こんなの芸能人じゃあるまいし誰《だれ》がいつ着るんだよっていう服が並んでいて、義巳は勘弁《かんべん》してくれと逃《に》げだしたい気持ちでいっぱいになった。

「はい、これ着てごらん」

だけど、カズノリが選んでくれた服は、ジーパンに無地のブルーのシャツ、ジャケットと帽子《ぼうし》という、わりとオーソドックスなチョイスで、義巳は少しホッとした。

これを着れば、帰れるよな。

これが気にいったから買ってほしいって言えば、それで終わりだよな。

義巳はそんなことを考えながら、しぶしぶ試着室に入って、それらを身に着けた。

えっ……？

ジーパンとシャツを着たところで、ちらりと鏡を見たときだった。

義巳は鏡に映った自分を見て、驚《おどろ》いた。

おまえ、誰だよ……。

いや、鏡に映っているヤツは、たしかに自分だ。

だけど、その服を身に着けた自分は、なにかが違《ちが》った。

ジーパンだって、シャツだって、ふだん自分が着ている量販店《りょうはんてん》で買っているのとそう変わらないようにしか見えないのに、なにかが違うのだ。

義巳はさらにその上にジャケットを着てみた。
するとまたがらりと、印象が変わった。
なんか、オレ、イケメンみたいじゃないか？
さらに、帽子《ぼうし》をかぶってみる。
オレ……格好《かっこ》いいじゃねーか……。
義巳はあきらかに自分のテンションが上がるのを感じた。
その変化は、服のせいだけでもなさそうだった。
髪型《かみがた》が変わったせいか？
マッサージの効果で、顔がすっきりしたのか？
そんな少しの違《ちが》いが、この服を着た自分を引き立てているようにも思えた。
思わず磨《みが》かれて、つやつやしている爪《つめ》を見る。
たしかにこの服に汚《きたな》い爪では似合わないなと思う。
義巳は鏡を前に、しばし呆然《ぼうぜん》とした。
そして、この服が欲《ほ》しいと思った。
これを着たいという、強い願望が心の底から芽生えていた。
「どう？　着替《きが》え終わった？」

試着室の外から啓子に呼ばれて、義巳はカーテンを開いた。
「あら、似合うじゃなーい」
「うん、いいね。あかぬけて、男前になった」
啓子とカズノリが満足そうに、義巳を眺《なが》める。
そして、義巳は気づくとこう言っていた。
「カズノリさん、僕《ぼく》、これ欲《ほ》しいです……」
すると、カズノリも啓子も嬉《うれ》しそうにうなずいて、それを全部買ってくれた。
そしてそのあと、用事があるというふたりと別れて、義巳はようやく解放された。
義巳は急いで家に帰ると、自分の部屋で、買ってもらったそれらを身に着けた。
やっぱ、いい……。
義巳は鏡に映った自分を見てうなずいた。
なにが違《ちが》うんだ？
義巳は今まで身に着けていた服と、買ってもらった服を比べた。
同じような、ブルーのシャツじゃないか。
同じような、ジーパンじゃないか。
だけど、やはり買ってもらったシャツやジーパンのほうがいい。

なにがどういいのかは、わからない。

デザインなのか、生地《きじ》なのか、わからないけど、なにもかもこっちのほうがいいように思えるのだ。

義巳はその理由をちゃんと知りたいと思った。

もっと詳《くわ》しく知って、これからはこういう気持ちになれる服だけを着たい。

心の底からすごくいいと思えるものだけを着て過ごしたい。

それは、義巳の中で久しぶりに芽生えた、わくわくするような欲望だった。

そういえば……。

前に、美術教師の笹塚《ささづか》がスタイリストになることを勧《すす》めてきたことがあったけど、そういう仕事を目指すのもいいかもしれない。

あのとき笹塚に「服に強いこだわりがある」と言われても、まったくピンとこなかった。

だって、自分は服に興味がないから、量販店《りょうはんてん》のジーパンとシャツでいいのだと思っていたし、同じシャツばかり着ているのだって、こだわってるというより、いろいろ考えるのがめんどうなだけだろうと思っていたから。

だけど……そうじゃなかったのかもしれない。

もしこだわってしまったら、のめりこむことになる自分を、どこかでわかっていたのかもしれない。

のめりこんだら、はてしなくこだわってしまう自分に、実は気づいていたのかもしれない。

だから、わざとコーディネートを考えなくてもいいように、同じシャツを着ていただけかもしれない。

義巳は今、そんな自分を、認めざるをえない気持ちになっていた。

高校に入ったら、すぐにでもアルバイトを始めて、自分がいいと思う服を買おう。

そう、高校に行けば、アルバイトができる。

自分で自由に使えるお金が、ぐんと増える。

そして、どうしてもこれが着たいという服だけを買うのだ。

義巳は、さゆりんに振《ふ》られて以来初めて、前向きな気持ちになっていた。

ずっとからっぽだった身体《からだ》に、久しぶりに熱いものが流れこんできたのを実感していた。

義巳は、夜になって帰ってきた啓子に言った。

「姉ちゃん、今日はありがとう。たくさんお金使わせちゃって、悪かったね」

すると啓子は、にっこり笑って言った。

「ううん。このあいだくれたバッグ、リサイクルショップで高く売れたから全然大丈夫《だいじょうぶ》。残りのお金で、ふたりでおそろいのリング買って、高級フレンチ食べてきちゃった。こちらこそ、ありがとねー」

なんだ、そういうことだったのか……。

義巳はあきれて感謝の言葉を撤回《てっかい》したくなった。

だけど、まあ、いい……。

義巳は気を取りなおすと、コンビニへと走りだした。

なんだかじっとしていられなくて、メンズ向けのファッション誌でも見て、さっそく勉強を開始しようと思いついたのだ。

ふと足もとを見ると、裸足《はだし》にサンダルで出てきてしまったことに気づいたけれど、ちっとも寒さは感じなくて、むしろ軽いくらいだと義巳はスピードを上げたのだった。

# A5 勝負の年にしたい

野崎朝子《のざきあさこ》

「失礼します！」

卒業式のため、教室で待機していると二年生がぞろぞろと入ってきた。

「本日は、ご卒業おめでとうございます。これから私たちからの花のプレゼントを贈《おく》らせていただきます」

この学校では、毎年、二年生が卒業生ひとりひとりに手作りの花のコサージュをつけるのが、習わしになっていた。

みんな自分の席に戻《もど》ると、おとなしく二年生に花のコサージュをつけてもらっている。

野崎朝子《のざきあさこ》も、自分の順番がくるのを少し気恥《きは》ずかしい気持ちで待っていた。

ふと、窓の外を見て、もうこの景色も見納めだなあとしみじみした気持ちになる。

三年生になったばかりの新学期当日。この教室に初めて足を踏《ふ》みいれたときは、違和感《いわかん》だらけだった。
自分が三年生だなんて、信じられなかった。

Q5 中学生活最後の学年です。これからどんな一年にしたいですか?

あのとき、新しい担任が配ったアンケートの質問に、朝子はこう回答した。

A 勝負の年にしたい。

今年は受験の年だし、これを機に自分を変えたい。
受験に勝つために、勉強に打ちこむことで、自分に自信をつけたい。
もっと違《ちが》う、新しい自分になるためのチャンスにしたい。
そんな気持ちで、朝子は「勝負の年にしたい」と回答したのだ。
結果、第一志望の高校に合格。
受験には、勝ったと言えるだろう。

だけどそれで自分が変わったかと言えば、まあ、たいして変わらなかったなあというのが実感だ。

それでも朝子は、いい一年だったなあ、充実《じゅうじつ》した一年だったなあと満足して、今日の日を迎《むか》えていた。

いちばん大きかったのは、夏休み明けに学校に復活した高本雅恵《たかもとまさえ》の存在だ。夏休みの補習授業から、雅恵が学校に来るようになったことは、親友の片瀬詩織《かたせしおり》から聞いていた。

詩織は「見た目も中身もそんなに変わってないよ」と言っていた。

だけど一年半も不登校していた彼女《かのじょ》がどんなふうになっているのか、朝子は気になった。どうしても自分の目で確かめたかった。それで夏休み明け初日、朝子は学校に到着《とうちゃく》すると、自分のクラスに行く前に、彼女のいるクラスをのぞきに行った。

すると、彼女はすでに登校していて、クラスメイトと楽しそうにおしゃべりしているのが見えた。

朝子は、その様子を見て、ショックだった。

逃《に》げるように自分の教室に向かって、席について心を落ち着けた。

朝子は、心のどこかで、雅恵を仲間だと思っていた。

瘦《や》せすぎの体型がイヤでしかたない朝子にとって、太りすぎの体型を気にして、不登校になった彼女《かのじょ》はもうひとりの自分だった。

しかし彼女は、以前よりちょっと瘦せた感じはあるけど、まだ十分に太りすぎで、だけど不登校していたなんて思えないくらい、すでにクラスになじんでいる。

たしかに、彼女は不登校になってしまうほど、その特殊《とくしゅ》な体型を気にしていたのだろう。

だけど、それを乗《の》り越《こ》えたから、学校に来たのだ。

きっともう、彼女は自分の体型のことなんて、それほど気にしていない。

そもそも、優秀《ゆうしゅう》で人気者の彼女と自分はどこも似ていないのだ。

朝子はそんなふうに、ひどくさびしい気持ちになってしまったのだ。

だけど、その数日後。

「朝子！」

廊下《ろうか》を歩いているところを詩織に呼ばれて、朝子は振《ふ》りむいた。

するとその隣《となり》に、あの高本雅恵がいた。

朝子は雅恵を特別視していることを、詩織にも話していなかった。

「この子が、私の親友の野崎朝子。前に渋谷《しぶや》でモデル事務所にスカウトされたことがあるっていう話したでしょ?」

詩織はそう言って、朝子を雅恵に紹介《しょうかい》してくれた。

「ああ、ほんと、きれいだね」

「この子食べても太れないんだよ。けっこう深刻に悩《なや》んでるの」

「へえ、私からするとうらやましい悩みだなあ」

だから朝子は言った。

「私も、一年のころから、高本さんがうらやましくてしかたなかったんだ」

「えっ、なんで?」

「勉強も運動もできるし、性格も明るくていいなって……」

これはあとから聞いたことだけど、朝子のこの発言に、雅恵はかなりムッとしたらしい。

でも、太ってるよ。あなたがもしこの身体《からだ》だったら、耐《た》えられる? と思ったらしい。

太っている自分をあわれんでそう言っているだけで、朝子が本気でそう思っているとは信じられなかったらしいのだ。

あとでいろいろ話しているうちに、その誤解は解けたのだけど、雅恵はけっして太りすぎの身体を、克服《こくふく》したわけではないようだった。

「こうなったらこの身体《からだ》ととことんつきあおうと思ったの。この身体から逃《に》げるみたいにダイエットするんじゃなくて、徹底的《てっていてき》に向きあっていくことにしたの」

そして、将来、身体に関する疑問や不思議と真正面から向きあうような仕事につくために、学校に戻《もど》ってきたというのだ。

朝子にとって、雅恵の話は衝撃《しょうげき》だった。

そして、私もこの身体をイヤだと思うのではなく、ちゃんと向きあおうと思った。

どうせ一生つきあわなければならないのだから、この身体に生まれて良かったと思えるくらい、好きになる努力をしなきゃ、と……。

すると、そのあとすぐ、詩織からこんな誘《さそ》いを受けた。

「ねえ、昨日渋谷に行ったら、またあのモデル事務所のお姉さんに会ったよ。ほら、朝子のこと、スカウトした川端《かわばた》さん。また朝子に会いたいんだって。今度、レイラの撮影《さつえい》があるから見にこない？　って誘ってくれたの。ねえ、私、レイラに会いたい。行こーよー」

背の高さを生かして、モデルになる。

それは、スカウトされて以来、将来の選択肢《せんたくし》として心の片隅《かたすみ》で消えたことはなかった。

だけど、とうてい自分には無理というより、やりたいという気持ちにならなかった。

「行って、みようかな……」

それなのに、朝子は気づくとそう返事をしていた。

モデルという仕事がどんな感じなのか、見てみたい。

最初から無理だと逃《に》げるのではなく、ちゃんと向きあってから考えたほうがいいと思ったのだ。

そして撮影《さつえい》当日。

「久しぶり。今日は会えるの楽しみにしていたのよ。ゆっくりしていってね」

詩織と雅恵の三人で撮影が行われるスタジオに行くと、川端さんが、にこやかに出迎《でむか》えてくれた。

三人は用意された椅子《いす》に座《すわ》って、撮影を見せてもらった。

その撮影はスタッフのほとんどのひとが外国のひとで、だから飛《と》び交《か》う言葉もほとんど英語で、朝子はとんでもないところに来てしまったという気分になった。

レイラに会えると朝からはしゃいでいた詩織でさえも、本人が現れても騒《さわ》ぐことなく、ただじっと静かに見つめているだけだ。

「ねえ、朝子ちゃん。ちょっとだけ、写真撮《と》ってもらわない?」

しばらくして、朝子に川端さんが言った。

「カメラマンのジョンが、あの子を撮ってみたいっていうのよ。このままの格好でいいから、あそこにちょっと立ってみない？」

朝子は見学しに来ただけで、そんなつもりで来たわけじゃないとあわてたけれど、すぐさま雅恵が言った。

「せっかくだから撮《と》ってもらったら？」

「ええっ？」

朝子が首を横にぶんぶん振《ふ》ると、雅恵は続けた。

「答え、出るかもよ」

答えが、出る。

モデルになりたいわけじゃないけど、背の高さを生かせる仕事だとは思う。でも、やりたいとは思わないし、やれるとも思えない。

そんな朝子の揺《ゆ》れる気持ちを知ってる雅恵にそう言われて、朝子はハッとした。

ちゃんと向きあってから決めようと思ったから、ここに来たんじゃないか。

それなのに今、ここで逃《に》げてどうする。

そうして朝子は、さっきまでレイラが立ってさまざまなポーズを取っていた場所に足を踏《ふ》みいれた。

カメラの前に立つと、そこのスタジオにいるひと全員が自分を見ていて、恥《は》ずかしかった。

どうしたらいいかわからなくて、おどおどと立ちつくしていると、カメラマンのジョンがリラックスしてという感じで、おどけたポーズを取ったり、踊《おど》ってみせてくれたりした。

それで朝子も思わず笑ったり、同じポーズを取ったりしているうちに、撮影《さつえい》は終わった。

そうして、すぐにプリントアウトしてもらった自分の写真を見て、朝子は驚《おどろ》いた。

「これ、朝子?」

「きれい、違《ちが》うひとみたい……」

そんな詩織と雅恵の言葉に、朝子も素直《すなお》にうなずいた。

それは、ジョンのおかしな踊りを見て笑っている写真で、どう見ても自分なのに、自分とは思えない初めて見る顔だった。

「すばらしいって。きみは宝石だって。いつかいっしょに仕事しましょうって言ってるわよ」

川端さんが、ジョンの言葉を通訳してくれる。

「朝子ちゃんすごいわ。ジョンは、世界中でいろんなモデルを撮《と》ってるカメラマンなのよ」

このときの写真と、川端さんの言葉は、それ以来、朝子を勇気づけるお守りになっている。

相変わらず、モデルになりたいという気持ちにはならない。

それでも、写真を見るたびに、朝子はあのスタジオの様子を思いだすのだ。

みんながふつうに英語を話していて、モデルさんたちだけじゃなく、そこにいるひとたちみんながステキだった。生き生きとしていて、輝《かがや》いていた。

私も将来、あんな大人になりたい。

そう思ったら、自然と受験勉強にも身が入るようになった。

そしてなにより、このときの経験が、少しだけ自信につながったのかもしれない。

あれは、受験まであと数週間というころだ。

朝、靴箱《くつばこ》で靴《くつ》を履《は》きかえて、教室に向かっているところで、同じクラスの増田征児《ますだせいじ》に呼びとめられた。

「一年のとき《ゴボウ》ってあだ名つけてゴメンな」

突然《とつぜん》、そんなふうに謝《あやま》られた。

「オレ、若菜真希《わかなまき》っていうモデルのファンで、その子が小さいときそう呼ばれてたってラジオで聞いて、だから、あの、全然悪口のつもりじゃなかったんだ」

朝子は、なんでいまさら、わざわざそんなこと言うんだろうと思った。

だけど、朝子をまっすぐに見つめる増田征児の顔とその言葉は真剣《しんけん》そのもので、きっとずっと気にしていてくれて、だからいまさら本気で謝《あやま》ってくれてるんだと感じて、朝子は言った。

「若菜真希のこと……今は私もファンだよ」

そして、そのあと続けて出てきた言葉に、朝子は自分の耳を疑った。

「痩《や》せすぎで、背が高すぎるのが、昔はすごくイヤだったってとこ、私と似てるから」

私、なに言ってるの？

「私もそういうの克服《こくふく》したいし、克服してモデルやってる彼女《かのじょ》のこと、今は尊敬してるんだ」

どうして、今までろくに話したこともない増田征児に、こんな本音を白状しているの？

朝子は今でも、あのときの自分の言動が、不思議でしかたない。

きっと、本気で謝ってくれたから、本気で返さなきゃいけないと思ったのかもしれない。

だから、思わず、あんな本音が言えたのかもしれない。

そう考えると、朝子はなんだか嬉《うれ》しかった。

私、できるじゃん。

自分はこうなんだって、ちゃんとひとにアピールできるじゃん。

朝子にとって、あの出来事は、そんなふうにほんの少し変われた自分を実感できた瞬《しゅん》間《かん》として、強い印象を残すことになった。

そうして、いよいよ高校の入学試験シーズンに突入《とつにゅう》。

このシーズンで、朝子に強い印象を残した出来事は、入学試験そのものや合格発表の瞬間より、滑《すべ》り止《ど》めのために受けた私立高校の試験日のことだった。

この日は、電車を乗《の》り継《つ》いで向かうということで、同じクラスの吉田《よしだ》さゆりと浅川麻衣《あさかわまい》子《こ》と待ち合わせをして、行くことになった。

偶然《ぐうぜん》にも志望校が同じだっただけなのだけど、ふだん、特に仲良くしているわけじゃないふたりと電車に乗って出かけるなんて、なんだか不思議だった。

そして、他愛《たわい》もないおしゃべりをしながら電車に揺《ゆ》られて、最寄《もよ》り駅《えき》についたあとのことだった。

さまざまな制服を着た別の中学の子たちに交じって歩いていると、緊張《きんちょう》のせいか三人はもうおしゃべりをする気分ではなくなっていた。

だけど学校の校舎が見えてきたところで、急にさゆりが言いだした。

「あたし、受験が終わったら、よっちゃんと別れるって決めてるんだ」

よっちゃんとは、さゆりの彼氏《かれし》の中瀬義巳《なかせよしみ》のことだ。

「元カレがよりを戻《もど》してもいいって言ってくれててね。よっちゃんには悪いけど、やっぱり私、ちゃんと好きなひととつきあいたいんだよね」

するると、麻衣子が言った。

「よっちゃんのことは、そんなに好きじゃなかったんだ」

「うん、いいひとなんだけどね。それに私、自分を変えたいんだ。よっちゃん優《やさ》しいから、私、どんどんわがままになっちゃって、そんな自分がずっとイヤだったんだ」

「へえー、もしかして最近、髪型《かみがた》を変えたのもそのせい？」

「そう。元カレが私のことそんなに好きじゃないのわかってるから、必死。でも好きなひとのために変わろうって努力するのって、悪くないよ」

「そうなんだー。でも、私も高校に行ったら、変わるんだー」

朝子はそこでようやく、その会話に口をはさんだ。

「なんで？　麻衣子は変わらないでよ。そのままでいてよ」

すると、麻衣子は手をひらひらさせて言った。

「私、明るくて元気がいいって思われるの、疲《つか》れちゃったんだよね」

疲れた？

朝子は、麻衣子のその言葉に驚《おどろ》いた。

「だから高校はあえて遠いとこ行くの。地元の高校に行くと『やおやのまいちゃん』から、逃《のが》れられないからね」

朝子は麻衣子のその明るい性格と、男女問わず誰《だれ》とでも仲良くできる姿がずっとうらやましかった。

「私、絶対に変わるんだ。うちの親の仕事のこととか、誰も知らない学校に行って、このキャラじゃないひとに変わるんだー」

それなのにそんなふうに思っていたなんて……。

すると、そんな朝子の気持ちを察して、麻衣子が笑った。

「あー、意外って思ってるでしょー」

朝子は素直《すなお》にうなずいた。

「だよねー。これでもいろいろ悩《なや》んでんだよー。商売やってる家じゃなくてフツーのサラリーマンの親が良かったなあとか、誰とでも仲良くできるけど、私、親友いねーじゃんとかさー」

「……そう、なんだ」

そこで、ちょうど学校に到着《とうちゃく》したので、話は終わったのだけど、このときの会話は、朝子にとってずしんと心に響《ひび》くものがあった。

さゆりも、麻衣子も、どちらかというと、みんなにうらやましがられるタイプの子だ。いつも甘《あま》ったるい声で自分を《さゆりん》と呼ぶさゆりが、わがままな自分が嫌《きら》いだとか、自分を変えたいとか、そんなことを考えるような子だとは思ってもみなかった。

男女問わず誰《だれ》とでも仲良くできる麻衣子が、わざわざ地元から離《はな》れた高校を選ぶほど自分を変えたいと思っているなんて、今でも信じられないくらいだ。

ひとって傍《はた》から見てるだけじゃ、わからないものだな。

満足いく自分で生きてるひとって、案外、少ないのかもしれないな。

朝子はふたりの話を聞いて以来、そう考えるようになった。

そして、自分も、そんなにがむしゃらに『変わりたい』と思う必要はないのかもしれないと思うようになった。

相変わらず、瘦《や》せすぎの身体《からだ》を好きとは思えない。

逃《に》げ腰《ごし》の性格も、変わらない。

そういう自分をまるごと受けいれて、好きだと思えるほど大きな心にもなれなかったし、これは個性なのだと割りきることもできない。

だけど、自分が誰《だれ》かのことをいいなあと思うように、こんな自分をいいなあと思ってくれているひともいる。

好きな自分に変わりたいと努力することは、間違《まちが》いなくいいことだし、大事なことだ。

だけどきっと、変わらなくても、大丈夫《だいじょうぶ》。

たとえ、このままでも、ダメなんてことはない。

そう考えるようになって、朝子はずいぶん気持ちが楽になった。

一学期の初日のアンケートで、《勝負の年にしたい》と書いたあのときから、一年。

受験を、自分を変えるチャンスにしたい。

これくらい大きな勝負に、全力で臨《のぞ》まないと、とても今の自分を変えることはできない。

そう思って臨んだ一年だったけど、《変わらなくてもダメじゃない》と気づけたことが、なによりの成果だと、今、朝子は思っている。

それは、真剣《しんけん》に自分と向き合ったおかげで得られた、大きくて、かけがえのない収穫《しゅうかく》だ。

だから今、同じ質問をされたら朝子はやっぱりこう答える。

## A　勝負の年にしたい。

本気で勝負したからこそ、その過程で気づけたことがたくさんあった。

いい一年だったと自信を持って言える一年になった。

本当にそう思うから。あのときと回答は同じだ。

「先輩《せんぱい》、卒業、おめでとうございます」

順番が回ってきて、二年生の女の子が朝子の胸に花のコサージュをつけてくれる。

「ありがとう」

朝子は一年前に、自分も先輩のために作ったなあと懐《なつ》かしい気持ちでそれをつけてもらった。

あのときは、一年後にこんな気持ちで卒業を迎《むか》えられるとは、想像もしていなかった。

違和感《いわかん》だらけだったこの教室も、すっかりなじんで、気づけば居心地《いごこち》のいい場所へと変わっている。

朝子は再び窓の外を見つめた。

桜の花びらが舞《ま》うころ、朝子はもう、ここにいない。

ちょっとさびしい気もするけれど、新しい場所がちゃんとある。

自分で選んで、もぎとった、新しい場所が。

「それでは、卒業式が始まります。みなさん廊下《ろうか》に並んでください」

二年生たちの指示で、みんながぞろぞろと教室を出ていく。

朝子はゆっくりと席を立つと、もう一度窓の外を眺《なが》めた。

桜は咲《さ》いていないし、空気は冷たいけれど、陽射《ひざ》しは明るく、すっかり春の陽気だ。

ありがとう。

ふいに、心にそんな言葉が浮《う》かんだ。

誰《だれ》に対してなのか、なにに対してなのかはわからない。

ただ、ここで過ごしたすべてに感謝したいような気分になっている自分がいるのは確かで、朝子はそんな自分がおかしいような、嬉《うれ》しいような、恥《は》ずかしいような気持ちになって、ひとり小さく笑った。

ひとり、くすくすと笑いながら、教室を出て、卒業式に向かう列に並んだ。

初出
「朝日中学生ウイークリー」（現「朝日中高生新聞」）
２０１２年４月１日号～２０１２年９月３０日号
（単行本化にあたり、大幅な加筆修正を行いました）

装画／上路ナオ子
装丁／中嶋香織

草野《くさの》たき

1970年、神奈川県生まれ。実践女子短期大学卒業。1999年、『透きとおった糸をのばして』で、講談社児童文学新人賞を受賞し、デビュー。2001年、同作で児童文芸新人賞を受賞。2007年、『ハーフ』（ポプラ社）で日本児童文学者協会賞受賞。その他、『ハチミツドロップス』（講談社）、『リリース』（ポプラ社）など著書多数。

# Q《キュー》→A《エー》

2016年6月15日　第1刷発行
2018年5月16日　第5刷発行

著者――――――草野《くさの》たき
発行者―――――渡瀬昌彦
発行所―――――株式会社講談社
〒112-8001
東京都文京区音羽2-12-21
電話　編集　03-5395-3535
　　　販売　03-5395-3625
　　　業務　03-5395-3615
印刷所―――――株式会社精興社
製本所―――――島田製本株式会社
本文データ制作――講談社デジタル製作


N.D.C. 913　244p　20cm　ISBN978-4-06-220075-2

## ハチミツドロップス

お気楽なソフトボール部のキャプテン、カズ。クールな高橋。坂本竜馬フリークの真樹。ちょっとエッチな田辺さんに、運動神経ゼロの矢部さん。愉快な仲間たちとの部活のかたわら、直斗との恋も絶好調。だけど、ハチミツのように甘かった中学生ライフが一変。真面目な1 年生が入部して、立場がなくなってしまう。

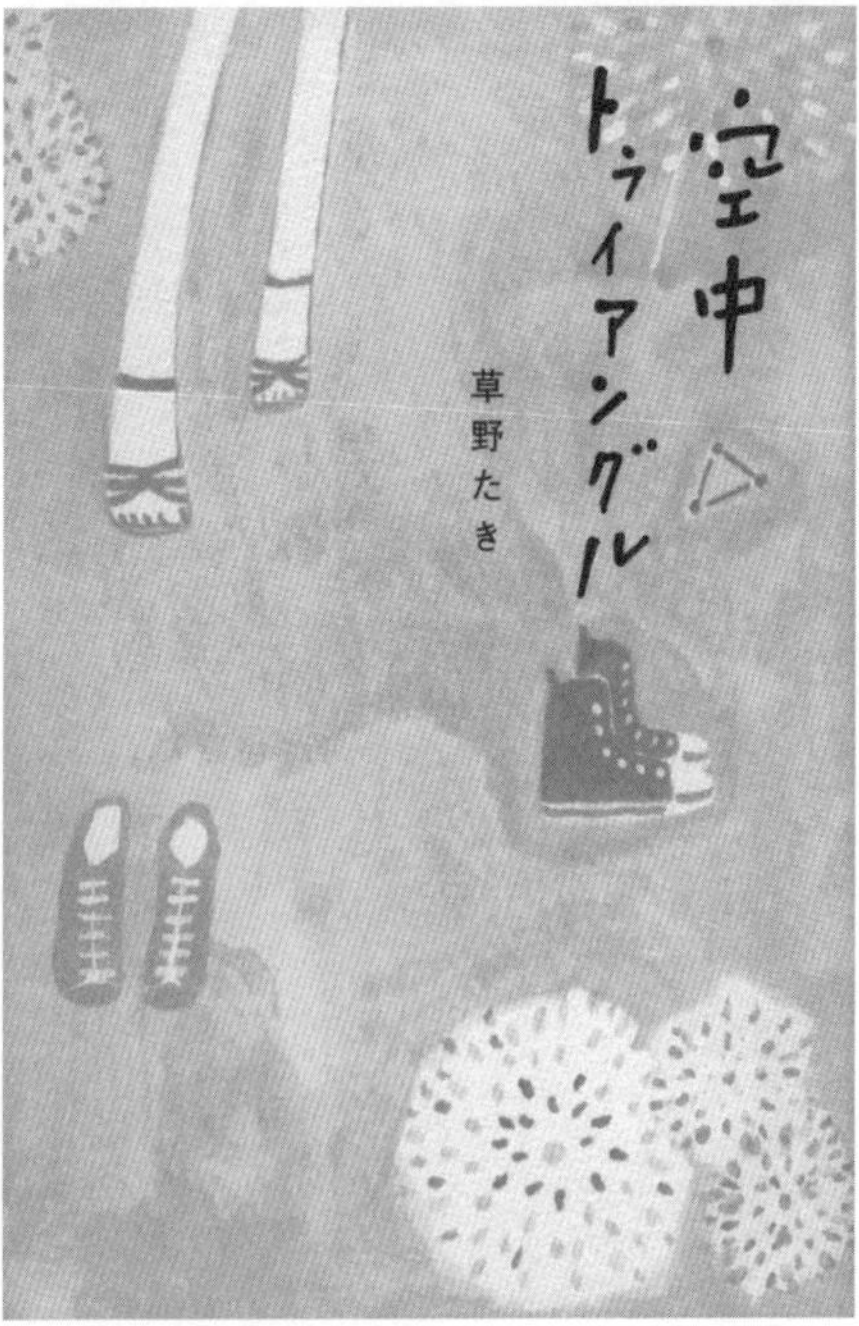


## 空中トライアングル

律子が一つ年上の幼なじみで、誰もがうらやむ彼氏、琢己とつきあって一年。ある日、琢己の口から、小学生の時に引っ越してしまったもう一人の幼なじみ、圭が同じ高校に通っていることを知らされる。圭の彼女と一緒にみんなで久しぶりに会おうという琢己の提案に素直に喜ぶ律子だったが…。苦くて甘い、恋と友情。